ROMANCE IN TOSCANE

Omslag en binnenwerk: CO2 Premedia bv, Amersfoort

Romance in Toscane
ISBN 978-94-90763-31-2
Herziene heruitgave

© 2011 Uitgeverij Cupido
Postbus 220
3760 AE Soest
www.uitgeverijcupido.nl
http://twitter.com/UitgeveryCupido
http://uitgeverijcupido.hyves.nl

ANITA VERKERK

Romance in Toscane

Vrolijk, romantisch en (ont)spannend

Uitgeverij Cupido

Dag Lezeressen en Lezers!

Toscane...

Zonovergoten stranden, een intens blauwe zee, klaprozen, zonnebloemen, een eeuwenoude cultuur, pittige koffie en knappe Italiaanse mannen...
Wie er eenmaal is geweest, verlangt altijd weer terug naar die heerlijke zonnige landstreek.

Romance in Toscane is een spannende liefdesroman, die u meevoert naar romantisch Toscane en al haar heerlijkheden.

Lekker lui lezen in uw eigen knusse hoekje op de bank, languit in bad of waar u maar wilt!

Meer weten over mij en mijn andere boeken?
Neem dan een kijkje op mijn website:

www.anitaverkerk.nl

Scholieren vinden daar informatie voor een boekverslag of werkstuk.

Veel leesplezier met *Romance in Toscane*!

:-) Anita

PROLOOG

Zomer 2003...

Het was een warme zomeravond, zwoel en romantisch, het perfecte moment voor een zinderende barbecueparty met veel goede vrienden.

Ilona genoot van de heerlijke geuren die door haar tuintje zweefden. Het rook naar gebraden speklapjes, schroeiende groentespiesjes, vers gemaaid gras en uitbundig bloeiende kamperfoelie.

Ze hapte met smaak in het met zelfgemaakte kruidenboter besmeerde knapperige stokbrood en voelde zich volmaakt gelukkig.

Ze had eindelijk die felbegeerde baan als violiste bij het Concertgebouworkest. Ze woonde in een droomhuis en ze had een groep fantastische vrienden waarbij ze helemaal zichzelf kon zijn. En dan was er ook nog een speciale man die zielsveel van haar hield: Timo.

Ze glimlachte blij. Over een paar maanden gingen ze trouwen. De kaarten waren verstuurd, de trouwzaal geboekt en de receptie was tot in de puntjes geregeld. Ze had een droom van een jurk besteld, met veel kant en lovertjes en een lange sleep. Ja, als ze ging trouwen, zou ze...

"Nog een vegaburgertje, Ilona?" vroeg Timo. Zijn stem klonk beneveld en ze hoorde zijn tong overslaan.

Als een lastige mug kroop er een vage ergernis in haar omhoog.

Waarom moest Timo nou altijd zoveel drinken? En ook nog

alles door elkaar. Bier, wijn, cognac, ze had het vanavond allemaal al bij hem naar binnen zien klokken. Hij kon zich toch wel een beetje inhouden waar al die mensen bij waren?

Maar voor ze er iets van kon zeggen, hield Jelle een schaal geurig geroosterde groentespiesjes omhoog.

"Verse spiesjes!" riep hij. Hij klonk als een marktkoopman die zijn waren probeert te slijten.

Ilona pakte haar met vrolijke clowntjes versierde partybordje van de houten tuintafel en liep in de richting van de smeulende barbecue.

"Hij bakt voor geen meter meer," klaagde Timo met dubbele tong.

"Dan doen we er toch wat kooltjes bij," stelde Sjoukje voor.

"Gooi er maar spiritus op!" riep Sanne. "Dat fikt lekker."

"Hier met die fles!" lalde Ferdy.

Ilona lette niet op het gepraat. Ze was dol op koken, maar met de barbecue bemoeide ze zich nooit. Dat was Timo's stokpaardje.

Jelle stootte haar aan. "Hou je bord eens bij, dan krijg je een vegaburgertje van me."

Ilona stapte naar voren en hield haar bordje in haar gestrekte handen voor zich uit. Het waren mooie door de zon gebruinde handen met perfect gelakte felrode nagels. Het zilveren armbandje om haar slanke pols, dat nog van haar overgrootmoeder was geweest, schitterde in de late zonnestralen.

De vegaburger belandde op haar bord en er regende een wolk aan versgebakken uienringetjes overheen.

"Ketchup?" vroeg Jelle.

"Graag." Ze strekte het bord nog wat verder naar hem uit.

"Drie, twee, één..." gilde een opgewonden vrouwenstem van dichtbij.

"VUUR!"

Er klonk een geluid als van een gigantische windvlaag en op hetzelfde moment schoot er een geweldige steekvlam uit de barbecue.

Ilona deinsde terug door de plotseling verzengende hitte, maar het was al te laat. Oranje vlammen verschroeiden de kleurige clowntjes op haar bord en hapten gretig naar haar uitgestrekte vingers.

En toen was er pijn. Een allesomvattende brandende pijn...

HOOFDSTUK 1

Zomer 2006...

"De taal is echt geen enkel probleem, meneer Van Dungen," zei Sanne ter Horst met een zelfverzekerde glimlach. "Ik spreek vloeiend Italiaans."

Spaghetti, macaroni, pasta, salami... Veel verder kwam ze niet. Maar ze wilde deze baan zo ontzettend graag hebben! Dit moest gewoon lukken!

De kalende man in het onberispelijke driedelige kostuum kwam moeizaam overeind uit de bruine leren bureaustoel tegenover haar en stak een blauw dooraderde hand naar haar uit.

"Dat is dan afgesproken, juffrouw Ter Horst. U kunt per 1 september bij ons beginnen."

Er borrelde een bijna onbedwingbaar gevoel van geluk in Sanne omhoog. Ze had een baan! Na ruim twee jaar solliciteren had ze het eindelijk voor elkaar!

Het liefste was ze op de tafel gesprongen om daar een wilde overwinningsdans ten beste te geven. Maar dat kon je als kersverse productmanager van een solide reisorganisatie zoals Zontravels natuurlijk niet maken.

Dus stond Sanne zo kalm mogelijk op, streek een loshangende pluk blonde haren van haar voorhoofd en drukte de klamme uitgestoken hand.

"Ik verheug me ontzettend op mijn nieuwe job, meneer Van Dungen." Haar blauwgrijze ogen straalden van levenslust. "Ik ga mijn uiterste best voor de firma doen."

Meneer Van Dungen gaf een goedkeurend kneepje in haar

vingers en liet haar daarna weer los. "U kunt de administratieve formaliteiten hiernaast met mijn secretaresse regelen en wij zien u dan in september graag op kantoor verschijnen. Uw proeftijd bedraagt drie maanden."

Hij gaf haar nog een charmant knikje ten teken dat het sollicitatiegesprek hiermee was afgerond en Sanne glimlachte vriendelijk terug.

Daarna stapte ze een beetje wiebelend op haar gloednieuwe hoge hakken naar de kamer van de secretaresse, die al op de hoogte was van haar komende aanstelling en haar enthousiast begroette.

"Van harte gelukgewenst, hoor." De secretaresse keek Sanne opgewekt aan. "De vacature is pas vanmorgen bekend geworden. Onze huidige Italië-specialiste verwacht een tweeling en ze heeft na lang dubben toch besloten na de bevalling een flink poosje thuis te blijven. Heerlijk dat we zo snel een geschikte opvolgster gevonden hebben."

Sanne drukte de uitgestoken hand van de secretaresse. "Dank u wel, ik heb er echt zin in."

"Dat kan ik me voorstellen! Ik ben ook dol op Italië."

Al pratend begon de vrouw in een la te rommelen en verklaarde: "Ik doe nou al zo'n drie jaar een cursus Italiaans. En dan denk ik op de les dat het geweldig gaat, maar als ik dan in Florence een ijsje wil bestellen, sta ik met de mond vol tanden."

Ze keek Sanne wat verontschuldigend aan. "Ze praten allemaal zo snel, hè? Dat is bijna niet te volgen."

Sannes jubelstemming zakte naar de punten van haar glanzende knalrode schoentjes en maakte plaats voor een intens gevoel van wanhoop.

Waar was ze in vredesnaam mee bezig?

Ze kon toch niet in alle ernst denken dat zij wel eventjes vloeiend Italiaans zou leren? En dat ook nog in amper twee maanden tijd?

"Uw dochter bakt niks van haar talen, meneer Ter Horst," gonsde de verwijtende stem van haar vroegere leraar Duits in haar hoofd. *"Ze mist het inzicht en vooral de inzet om rijtjes naamvallen uit haar hoofd te leren."*

Sanne beet op haar lip. Die leraar was een echt museumstuk geweest, maar een beetje gelijk had hij wel. Ze had aan die stomme Duitse rijtjes een broertje dood gehad en toen ze in de vijfde klas van het vwo de kans kreeg, had ze het vak als een baksteen laten vallen.

Stom natuurlijk. Als je in de reiswereld aan de slag wilde, waren talen een pure noodzaak en toen ze de hbo-opleiding Toeristisch Management ging doen, had ze behoorlijk spijt gekregen van die ondoordachte beslissing. Wat had ze moeten sappelen om haar Duits weer bij te spijkeren!

"Prego," prevelde de secretaresse en met een vrolijk lachje schoof ze een stapeltje papieren naar Sanne toe.

Sannes knieën veranderden op slag in een mislukte gelatinepudding. Die vrouw wilde haar uittesten. Maar meer dan '*si*' en '*no*' had ze niet in voorraad. Ze kon moeilijk wat zinnen uit een opera gaan roepen, dan viel ze meteen door de mand. Maar ze moest zich hier wel snel uit zien te bluffen! Anders kon ze haar baan op haar buik schrijven.

Dus trok Sanne haar gezicht ijlings in een alwetend grijnsje, pakte de papieren van het bureau en begon daar heftig geïnteresseerd in te bladeren, terwijl ze al knikkend af en toe "Si, si" mompelde.

De secretaresse had blijkbaar niks door. Ze trakteerde Sanne op een aantal zuidelijk klinkende volzinnen, die haar arme toehoorster helaas volledig ontgingen.

Maar met een professioneel trekje op haar gezicht wist Sanne er nog een extra "Si" uit te persen. Toen ze de papierwinkel gehaast in haar tasje stond te proppen, schoot haar plotseling nog een zeer welkom Italiaans woord te binnen.

"Ciao!" riep ze opgelucht en terwijl ze de priemende ogen van de verbaasde secretaresse in haar rug voelde prikken, maakte ze dat ze wegkwam.

Buiten leunde ze wat bibberig tegen een natgeregend muurtje en ademde de vaag naar kletsnatte honden ruikende kille Hollandse zomerlucht dankbaar in.

Ze had eindelijk haar felbegeerde baan. Zij werd de nieuwe productmanager voor de Italiaanse reizen van de gerenommeerde reisfirma Zontravels. Ze moest contacten onderhouden met de plaatselijke agenten, nieuwe reizen ontwikkelen, spannende afgelegen plekjes en hotels bezoeken waar geen mens Engels sprak...

Lieve help, hoe had ze zich ooit zo in de nesten kunnen werken?

Ze streek een blonde lok van haar rood aangelopen wang en zuchtte diep. Het was de schuld van die meneer Van Dungen. Die had haar in eerste instantie voor een gesprek uitgenodigd omdat ze een nieuwe Amerika-specialist zochten.

Dat was natuurlijk een superbaan. De Engelse taal had geen enkel geheim voor Sanne. Haar grootmoeder van moederszijde was Amerikaanse en omdat haar moeder tweetalig was opgevoed, had Sanne als peuter al vloeiend Engels gesproken. Ze was ook al tig keer in de VS geweest omdat haar rijke suikertante daar nog steeds woonde en die betaalde altijd grif haar tickets en andere reiskosten. Ja, die VS-baan was ideaal geweest.

Maar toen het puntje bij het paaltje kwam, gaf meneer Van Dungen ongegeneerd te kennen dat hij toch de voorkeur gaf aan een andere kandidaat. De roodgeverfde tuthola die net voor Sanne als een volleerd fotomodel heupwiegend en met een decolleté tot aan haar navel het zweetkamertje uitgezeild was, leek hem blijkbaar in alle opzichten een betere keus.

Sanne kreunde zachtjes. Haar keurige donkerblauwe mantelpakje met die rok netjes-over-de-knie en dat hooggesloten crèmekleurige bloesje had ze achteraf gezien maar beter in de kast kunnen laten hangen...

Wat terloops had Van Dungen gemompeld dat het jammer was dat Sanne geen Italiaans sprak, anders had hij in september nog wel een ander baantje voor haar gehad.

Ze had hem heel even wat verbaasd aangekeken, maar toen direct haar laatste kans geroken. Ze sprak de taal wel niet, maar ze kon wél heel wat zinnetjes uit allerlei beroemde opera's meezingen. En dat was ook Italiaans.

Terwijl er in haar hoofd een tenor luidkeels *"Libiamo, libiamo!"* begon te galmen, legde Sanne uit dat ze er niet aan gedacht had om haar enorme kennis van Italië op het sollicitatieformulier in te vullen.

"Ja, het ging immers om de Verenigde Staten?" voegde ze er kordaat aan toe. En hoewel ze pas één keer in Italië was geweest – als vijftienjarige twee dagen met opa naar de opera in de Verona - had ze ter plekke een heel scenario van geweldige gemaakte reizen bedacht, compleet met een verzonnen grootmoeder die al sinds haar geboorte in Rome woonde.

Gelukkig had meneer Van Dungen niet naar details gevraagd... Sanne beet op haar vingers. Ze had twee maanden om haar grootspraak waar te maken. Dat moest lukken. Het moest!

*

"Oh Sanne! Waarom denk je nou nooit eens na voordat je wat roept?" zei Sjoukje hoofdschuddend. Ze zette een kop thee voor Sanne neer en schoof naast haar vriendin op de met een fleurig rode rozen stofje overtrokken bank. "Je kunt ze maar beter bellen en zeggen dat je ervan afziet."

Sanne keek haar vriendin verontwaardigd aan. "Hoe kom je daar nou bij? Ik heb net op Marktplaats een tweedehands cursus Italiaans besteld en daar ga ik morgen gelijk aan beginnen."

Al pratend trok ze haar tas naar zich toe en viste daar met een triomfantelijk gebaar *Italiaans op reis* uit. "En deze heb ik ook." Ze sloeg het taalgidsje open en riep: "*Buon giorno*! Zo, en nou jij weer."

"Ik wil niet katten hoor, maar dat spreek je volgens mij helemaal verkeerd uit."

"Daar heb ik die cursus straks voor. Het is iets met cd's. Zeggen ze op die cd een zin, praat ik het na."

"Volgens mij kun je beter ergens privélessen gaan volgen," zei Sjoukje met een bedenkelijk gezicht.

Sanne gooide een klontje suiker in haar thee en begon verwoed te roeren. "Heb ik al naar gezocht. Beetje duur. En bij de volksuniversiteit is het seizoen net afgelopen."

Ze zette een hoog toneelstemmetje op en gaf een mooie reconstructie van het telefoongesprek: *"In september gaan er weer vijftig cursussen van start."*

"Maar daar schiet je nou niks mee op," was Sjoukjes droge commentaar. "Tegen die tijd moet je daar zelf Italiaanse les kunnen geven."

Sanne trok een gezicht en bladerde door het taalgidsje. *"Trovarsi in difficoltà,"* las ze voor.

"Watte?"

"Dat is 'in de problemen zitten'. Helaas kan ik het nog niet verbuigen."

"Dat heet vervoegen bij een werkwoord," zuchtte Sjoukje. "Sanne, ik wil niet vervelend doen, maar als je nou een talenwonder was, zou ik je nog een kans geven. Maar je bent daar geen ster in, laten we nou eerlijk wezen."

Er kwam een verbeten trekje om Sannes mond. "Ik heb niet voor niks al die jaren gestudeerd. Ik wil nou wel eens wat anders dan op die stomme beurzen staan."

Ze toverde een gemaakte grijns op haar gezicht en lispelde op een overdreven toontje: "Mag ik u onze fantástische nieuwe dunschiller aansmeren, mevrouw? Eén halen, acht betalen."

Sjoukje schonk grinnikend een verse bak thee in. "Wat maakt het nou uit wat voor werk je doet? Zoek een leuke vent en geniet van je leven."

"Maar ik wil toch helemaal geen vent. Die kerels zijn allemaal hetzelfde. Als ze je eenmaal hun bed in gekletst hebben, zien ze je daarna niet meer staan."

Van boven klonk plotseling het gehuil van een baby en Sjoukje sprong energiek overeind. "Je reinste onzin! Jelle ligt nog elke nacht naast me, hoor. Even David uit bed halen."

Ze draafde de kamer uit en Sanne dronk heftig piekerend haar kopje leeg.

Voor Sjoukje was het allemaal zo eenvoudig. Die had al vanaf de middelbare school precies geweten wat ze wilde: met Jelle trouwen, veel kinderen krijgen en fulltime huisvrouw zijn. Voor Sjoukje was er niets heerlijker dan voor haar gezinnetje zorgen. Ze was een echte oermoeder.

Niks mis mee natuurlijk. Er waren zoveel vrouwen intens gelukkig als huismanager en dat was hun goed recht.

Maar zij, Sanne, had hele andere ideeën over het leven. Ze wilde carrière maken en zo veel mogelijk van de wereld zien. Trouwen en kinderen krijgen kon ook nog wel als ze tachtig was. Nou ja, bij wijze van spreken natuurlijk.

Sanne wreef over haar neus. Voorlopig bleef het allemaal bij dromen. Ze had haar hbo-opleiding Toeristisch Management weliswaar succesvol afgerond, maar een leuke baan vinden lukte voor geen meter. Ze had als manager bij een vakantiepark gesolliciteerd, maar die organisatie had alleen gewone medewerkers nodig gehad en dat baantje was op zijn zachtst gezegd niet wat ze zocht. De hele dag vieze neusjes afvegen in het kinderhofje of verkleed als zeemeermin in een subtropisch zwemparadijs rondhopsen was niks voor haar. Daarna was ze op een camping aan de slag gegaan, maar dat werk bleek vooral uit schoonmaken te bestaan en toen de zomer voorbij was, schopten ze haar op straat. Tegenwoordig stond ze haar kostbare tijd op beurzen en in winkels te verdoen met het promoten van allerlei onzinproducten, waar geen mens op zat te wachten.

Kant-en-klaar soeppakketje proberen, mevrouw? U hoeft er zelf alleen nog maar groente en bouillon aan toe te voegen. Nee? U weet niet wat u mist, hoor. Een pannenkoekshaker dan maar? Of wilt u liever ons nieuwe vegetarische roerbakreepje eens proeven?

Bah, ze had er schoon genoeg van!

Sanne snoof als een strijdlustige stier die de matador met zijn rode lap in beeld ziet komen. Ze moest ophouden met dat negatieve geklets. Ze had nu een job bij Zontravels. Die liet ze zich door niemand meer afpakken!

Ze bladerde het taalgidsje door en mompelde strijdlustig: "*Vincerò!*"

"Wat zeg je, Sanne?"

"*Vincerò!*" herhaalde Sanne, terwijl ze de kleine David van haar vriendin overnam en hem voorzichtig over zijn knalrode wangetje aaide. "Dat is uit een opera van Puccini. 'Ik ga winnen' betekent dat."

Sjoukje schudde haar hoofd. "Jij altijd met je opera's. Geef mij Robbie Williams maar."

Sanne luisterde niet. Ze gaf David nu speelse kneepjes in zijn neus en mompelde: "Ik ga dit helemaal winnen, David. Let jij maar op."

David begon breed grijnzend te kraaien en dat vond Sanne een prima voorteken.

"Als je echt zo serieus bent, moet je een paar weken naar Italië op vakantie gaan," zei Sjoukje, terwijl ze geroutineerd haar bloesje losknoopte en de sluiting van haar voedingsbeha openmaakte. "Geef 'm maar weer."

Sanne gaf David een kusje op zijn wang. "Tijd voor je lunch, jongeman."

Ze stond op, legde de baby in de armen van haar vriendin en keek vertederd toe hoe het kleine mondje gulzig in de tepel hapte.

"Nog steeds niks voor jou?" vroeg Sjoukje plagend.

"Ah nee joh, ik heb in mijn jeugd al genoeg gemoederd. Aan mijn lijf geen polonaise meer."

Sanne streek vermoeid een sliert haar van haar voorhoofd. Haar jongste zusje was gehandicapt geboren en na haar geboorte had het hele gezin om Emma gedraaid, ten koste van de andere kinderen. Nee, zij was niet geschikt als moeder. Je wist immers maar nooit of zoiets erfelijk was.

"Sorry," zei Sjoukje wat gegeneerd, "ik dacht even niet na bij wat ik zei. Maar... ik bedoel, de meeste kinderen worden gezond geboren. Dat het bij je moeder misging, kwam misschien ook wel omdat ze al wat ouder was."

Sanne haalde haar schouders op. Eigenlijk wilde ze hier niet over praten, zelfs niet met haar beste vriendin. "Ja," mompelde ze, "dat geloof ik allemaal best wel, maar voorlopig wil ik carrière maken. Ik ga er trouwens weer eens vandoor."

"Maar ik wilde zo meteen pannenkoeken gaan bakken," reageerde Sjoukje verschrikt. "Je blijft natuurlijk hier eten."

Sanne aarzelde en likte over haar lippen. Sjoukje kon geweldig lekkere pannenkoeken maken. Met kaas, met ananas of gewoon met stroop...

"Nee," zei ze ten slotte en ze schudde resoluut haar hoofd. "Nee, hartstikke lief van je, maar van pannenkoek eten leer ik geen Italiaans. Ik heb maar zo weinig tijd. Ik ga eens even langs het reisbureau. Misschien kan ik wel zo'n zomercursus gaan doen. *Leer Italiaans in Italië* of zoiets."

"Da's een goed idee," zei Sjoukje. "Dan breng ik je wel naar Schiphol."

"Graag." Sanne knikte en liep op een holletje de deur uit.

*

Een week later zat Sanne bij Sjoukje op de bank tosti's te eten. David lag als een modelbaby in zijn wipstoeltje en sabbelde tevreden op een korstje brood.

"Ik ben nog geen biet opgeschoten," zei Sanne tegen haar half opgegeten tosti en daarna keek ze Sjoukje wat triest aan. "Die talenreizen zijn peperduur en zes weken gewoon naar Italië is ook niet te betalen."

"En de taalcursus met die cd's valt tegen," vulde Sjoukje meelevend aan.

"Het werkt voor geen meter," zuchtte Sanne. "Ja, ik ken nou wat domme zinnetjes, maar dat zet niet bepaald zoden aan de dijk." Ze zuchtte hoorbaar. "Ik heb gisteravond tante Sjaantje gebeld voor een financiële donatie, maar helaas... daar is ze niet in getrapt."

"Oh, waarom niet?"

"Tja..." Sanne trok een zuur gezicht. "We hadden afgesproken dat ik deze zomer een paar weken naar Los Angeles zou komen. Dat wil ze graag betalen, maar aan die Italiaanse onzin deed ze niet mee, zei ze."

"Je virtuele oma in Rome wil je vast wel uit de brand helpen," grapte Sjoukje. "Nog een tosti?"

Sanne tikte op haar ronde heupen. "Ze zijn heerlijk, maar doe maar niet. Straks knap ik nog uit mijn jeans." Ze streek met beide handen door haar blonde lokken en rekte zich uit.

"Oh help, wat moet ik nou?"

"Mijn advies opvolgen natuurlijk," zei Sjoukje met een serieus gezicht.

Sanne schoot verontwaardigd rechtop. "Je bedoelt dat ik het maar op moet geven? Maar ik baal zo vreselijk van die ellendige dunschillers! Ik heb me al tig keer aan zo'n wanproduct opengehaald en die vieze uienlucht krijg ik ook nooit meer van mijn vingers af."

Sjoukje barstte in lachen uit. "Nee, dat bedoel ik helemaal niet. Ik heb een heel ander idee." Ze stond op en viste een velletje papier van het dressoir.

"Kijk eens wat ik voor je geregeld heb."

Sanne pakte het epistel aan en bekeek het nieuwsgierig.

--- *Bericht* ---
Van: "Hedy Andeweg"
Aan: "Sjoukje Vermeulen"
Onderwerp: Woningruil

Sanne wreef in haar ogen. Huh, een e-mail?

"Wat moet ik daar nou mee? Da's jouw post," bromde ze.

"Lees nou maar," drong Sjoukje aan.

Sanne haalde haar schouders op en las verder.

Hoi Sjoukje!

Wat een super idee van je. Zo kan ik lekker vakantie in Holland komen vieren zonder dat het veel kost.

Wat geweldig dat Sanne mijn baantje een poosje wil overnemen. Ricardo stond te springen toen ik zei dat ze blond is. Moet je haar wel nog even voor hem waarschuwen hoor. Die kletst iedereen zijn liefdesnestje in!

Spreek je op de Boekenmolen!

Groetjes, Hedy.

Met samengeknepen ogen las Sanne de mail nog een keer over. Waar ging het over? Ja, over ene Sanne die een baantje kreeg, maar dat kon zij niet zijn. Zij had al werk.

Sjoukje kon blijkbaar gedachten lezen, want ze zei grinnikend: "En zo kun jij dus zes weken gratis naar Italië."

"Zes weken gratis..." stotterde Sanne verbaasd en toen begon haar iets te dagen. "Wat heb jij in vredesnaam uitgehaald?"

"Heel simpel," antwoordde Sjoukje en je kon horen hoe ze van de situatie genoot. "Jij gaat zes weken in Hedy's huis en in die tijd komt Hedy hier wonen."

"Bij jou?"

"Nee, bij jou, suffie. Heb je pindakaas in je ogen? Woningruil staat daar!"

Woningruil. Dat woordje had ze even over het hoofd gezien. Natuurlijk! Waarom had zij daar niet aan gedacht? Sjoukje had ook overal een oplossing voor. Tenminste...

"Om wat voor baantje gaat het?" vroeg ze ineens wantrouwig. "Toch geen magische borsteltjes verkopen?"

"Serveerster in een strandtent," zei Sjoukje op geruststellende toon, "kun je lekker veel Italiaans oefenen met de klanten."

Sanne knikte langzaam. "En wie is die Ricardo, die iedereen zijn bed maar in sleurt?"

"De eigenaar van die strandtent. Maar van die vent hoef jij je niks aan te trekken, want een gewaarschuwd mens telt voor twee." Ze keek Sanne indringend aan. "Nou? Wat vind je ervan?"

Het onbestemde gevoel van knagende wanhoop diep in Sannes binnenste maakte ineens plaats voor een intense blijdschap. "Ik vind het helemaal super," riep ze blij.

Zie je wel dat het haar ging lukken! In september zou ze iedereen verbaasd laten staan vanwege haar vloeiende kennis van de Italiaanse taal!

Hoewel... Bij Zontravels zouden ze niet anders van haar verwachten natuurlijk.

Ze grinnikte. "Waar is het eigenlijk?" vroeg ze.

"Ergens in de buurt van Pisa. Hedy studeert kinderpsychologie aan de universiteit daar. Dus erg ver uit de buurt kan haar huis niet zijn."

Pisa!

"Kan ik eindelijk dat scheve torentje eens gaan bekijken," mompelde Sanne opgewekt. "Of naar Verona naar de openluchtopera. Da's daar toch ook in de buurt?"

"Geen idee, maar eh... wat ik vragen wou... zou je het leuk vinden als ik begin augustus een weekje kom? Hedy heeft me bezworen dat er plek genoeg is. Het is een soort appartementengebouw, maar dan helemaal in Italiaanse stijl. Dus als jij het goed vindt, dan kan ik lekker met David naar het strand."

Sanne sjeesde naar Sjoukje toe en viel haar om de hals.

"Natuurlijk! Hartstikke leuk als jullie komen. Gaan we met z'n allen die toren beklimmen!"

HOOFDSTUK 2

Het was bloedheet in de trein. Sanne zat puffend op een plakkerig bankje naast haar uitpuilende koffer naar het voorbijglijdende landschap te kijken.

Eindeloze geelgroene velden vol bloeiend gras en felrode klaprozen onder een helderblauwe lucht, waar hier en daar een grappig gevormd schapenwolkje in dreef. De silhouetten van statige cipressen en grillige olijfbomen tekenden zich groenig af tegen de horizon. Ver daar achter waren de donkere contouren van bergen te zien.

Hier en daar stonden vierkante huizen met hun stoffige oranjerode pannendaken in een felle zon te stoven. Een verre geit en een enkele koe lieten het landschap nog eenzamer lijken.

Toscane...

Ze was in Toscane!

De trein schoot een donkere tunnel in en toen ze daar weer uit kwamen, zag Sanne de azuurblauwe zee. Kleine golfjes kabbelden naar een goudgeel strand, dat omringd werd door grillige rotspartijen. Ergens boven op een robuuste piek stond een verzakte toren.

De trein dook opnieuw een tunnel in, maar daar waren ze zo weer uit.

"*Signore e signori! I loro biglietti per favore*," klonk een stem bij de ingang van de coupé. Sanne schoot rechtop. Een conductrice vroeg om de kaartjes en dat had ze zowaar verstaan! Het was weliswaar een zinnetje uit de eerste les van de cd-cursus, maar toch. Dit ging helemaal goed komen!

Ze viste opgewekt haar kaartje uit de zak van haar gebleekte blauwe jeans en gaf het aan de conductrice.

"*Prego,*" zei ze.

De conductrice nam het kaartje vriendelijk lachend aan, maar al snel betrok haar gezicht. Ze begon heftig met haar vinger op het kaartje te tikken en Sanne kreeg een stortvloed aan onverstaanbare klanken over zich heen.

Help! Wat zei dat mens in vredesnaam? Was er wat mis met haar kaartje? Maar ze had het net gekocht!

"*No capisco,*" zei ze met de moed der wanhoop, maar de conductrice reageerde daar niet op. Die foeterde onverdroten door en viste toen een opschrijfboekje uit de tas die op haar buik hing.

Een bon? Dat mens ging toch geen bon uitschrijven?

"Ja, maar wat heb ik dan verkeerd gedaan?" vroeg Sanne, maar de conductrice stond intussen welgemoed haar boekje vol te pennen.

"Je hebt je kaartje niet afgestempeld," zei onverwacht een donkere stem in onvervalst Nederlands en Sanne zag een blond mannenhoofd in beeld verschijnen. Het was een knap gezicht met blauwe ogen als diepe meren en een mond als sappige Toscaanse kersen, die je lieten smeken om een kus. Hij had zich sinds gisteren niet geschoren en dat gaf hem een oermannelijke uitstraling.

Sanne schrok van haar eigen gedachten. Waar was zij mee bezig? Ogen als diepe meren nog wel. Dat was helemaal niks voor haar. De onzin kwam ongetwijfeld door de liefdesroman die ze in het vliegtuig had zitten lezen. Of had ze onderhand een hittedelirium opgelopen omdat het zo warm was in de trein?

Tja, het ging natuurlijk wél om een geweldig spannend exemplaar man, want de rest van de hunk mocht er ook wezen. Die had de sportschool heel vaak van binnen gezien, dat kon niet anders.

"Je bent toch Nederlands?" vroeg de spetter en hij wees op het blauwe KLM-label dat aan Sannes koffer bungelde. "Of heet je geen Sanne?"

Sanne slikte. "Dat ben ik, ja," mompelde ze en daarna ging ze door met hem aanstaren.

"Ik ben Camiel. Je hebt vergeten om je kaartje af te stempelen en daarom schrijft ze nu een bon voor je uit."

"Maar dat is toch onzin? Ik heb het gewoon op de luchthaven bij een loket gekocht. Dan hoef ik toch niks meer te stempelen?"

Camiel haalde verontschuldigend zijn schouders op. "Hier wel. Het staat duidelijk op de achterkant van je kaartje."

"Daar heb ik toch niet op gelet. Wie maakt er nou een studie van zo'n duf treinkaartje?"

De conductrice legde kordaat een volgeschreven bon op Sannes schoot en hield haar hand op.

"Dertig euro!" schrok Sanne. "Maar dat is toch idioot! Ik heb immers een kaartje? En ik rij daar echt niet al twintig weken illegaal mee rond, hoor. Ik ben amper twee uur geleden op Pisa Airport geland."

Ze viste haar instapkaart uit haar zak en liet die aan de conductrice zien. "Ik ben hier net en ik wist het niet. Echt niet!"

Maar de vrouw verstond natuurlijk geen Nederlands.

"Zal ik voor je vertalen?" vroeg Camiel.

Ze knikte opgelucht. "Graag, mijn Italiaans is niet bepaald geweldig."

Met Camiels Italiaans bleek niks mis te zijn. Hij keek de conductrice met zijn prachtige ogen indringend aan en stortte verleidelijk lachend een waterval aan zwoele mannelijke klanken over de vrouw heen.

Het werkte bijna onmiddellijk. De vrouw lachte terug, pakte de bon van Camiel aan, verscheurde die met kleine, bijna aanstellerige gebaren en mikte de snippers in het prullenbakje dat onder het raam hing. Daarna greep ze Sannes kaartje en schreef met priegelige letters iets op het randje.

Met een "Ciao" en een smachtende blik op Camiel liep ze haastig verder naar de volgende coupé.

"Hartstikke goed van je, zeg," zei Sanne dankbaar. "Zonder jou was ik dertig euro kwijt geweest."

Intussen begon de trein te remmen en reed een station binnen.

"Daar mag je me dan een keer voor op een ijsje trakteren," antwoordde Camiel met een opwindende knipoog. "Maar nu moet ik eruit. Dit is Rosignano. Hé, ik zie je. Ciao."

Voor Sanne wat terug kon zeggen, spurtte Camiel de coupé uit en door het raam zag ze hem met een soepele sprong op het perron belanden.

Terwijl de trein alweer optrok, rukte ze in een impuls het raam open. "Je adres!" riep ze. "Wat is je adres?"

Maar Camiel hoorde haar blijkbaar niet. Hij zwaaide vrolijk, draaide zich om en rende weg.

Sanne voelde haar wangen gloeien en ze wist dat het niet alleen van de hitte was. Wat had haar bezield om zo om zijn adres te gaan staan schreeuwen? Ze leek wel... wanhopig of zo. Alsof ze echt een ouwe vrijster was, zoals haar moeder de laatste jaren steeds harder begon te roepen.

Verdraaid, ze was echt niet op zoek naar een man. Dat had ze haar moeder onderhand vaak genoeg gezegd.

Ze had Camiel alleen maar om zijn adres gevraagd vanwege dat ijsje. Want hoe kon ze hem nou ooit trakteren als ze hem nooit meer zou zien?

Ze haalde haar schouders op. Nou ja, wat deed het er toe? Een gelopen race, die Camiel. Die zag ze nooit meer terug.

De trein begon alweer langzamer te rijden en Sanne zag ineens een bord met VADA langskomen. Verdraaid, Vada. Dat was de stad waar zij eruit moest.

Ze sprong overeind en trok haar blauwe koffer achter zich aan door de smalle ruimte tussen de bankjes door tot ze in het portaaltje kwam, waar een adembenemend knappe man ontspannen op een worteltje stond te knagen. Hij droeg een strak T-shirt en een al even strakke broek, waarin zijn perfecte atletische figuur extra goed uitkwam. Springerige donkere haren omlijstten een klassiek gebruind gezicht, waarin amberkleurige ogen leken te branden. Er zat een naamplaatje op zijn borst gespeld, waar VIGO op stond.

Sanne hield haar adem in. Deze Vigo was al de tweede spetter die ze vandaag tegenkwam. Heel Italië liep vol perfect gebouwde Romeinse godenzonen! Ze ging heerlijke weken tegemoet!

Ze schrok van haar eigen gedachte. Wat had ze in vredesnaam? Ze was hier niet voor de mannen, ze moest een taal leren!

De trein stopte. De knappe Romeinse godenzoon gebaarde naar haar koffer en zei iets onverstaanbaars.

Wilde hij haar koffer op het perron zetten? Nou graag, het ding was me toch zwaar!

27

Ze knikte opgewekt en stapte na hem de trein uit. Ze bleef perplex staan en keek met samengeknepen ogen naar de door hoge grashalmen en uitgedroogde distels overwoekerde rails aan de andere kant van het smalle perronnetje. Achter een hek met prikkeldraad was een soort woud van olijfbomen te zien en heel in de verte lag een dorpje tegen een grijsgroene berghelling geplakt.

Huh? Sjoukje had toch gezegd dat Vada een grote stad was? Maar er was in de verste verte geen huis te bekennen. Wat raar om een station zo ver buiten de bebouwde kom neer te zetten.

Een eindje verderop klonk een scherp fluitje en een waarschuwende schreeuw. Het was de conductrice die vanuit de open treindeur heftig naar haar wenkte. Ergens boven haar hoofd hoorde ze een blikkerige stem uit een luidspreker in het Engels roepen dat ze achter de gele streep moest gaan staan omdat de trein ging vertrekken. Ze stapte haastig over een paar felrode papavers heen, die dapper in het minieme strookje tussen een paar scheefgezakte tegels stonden te bloeien en keek de trein na.

Wat een eenzame boel hier zeg. Nu de trein er niet meer voor stond, zag ze aan de overkant van de rails een gebouw met een vol wasrek op het balkon, maar daar achter was ook geen spoortje van bebouwing.

The middle of nowhere...

Waar was die stad in vredesnaam? Ze was toch niet in de verkeerde plaats uitgestapt?

Ze keek speurend het perron langs, maar op het grote blauwe bord voor haar neus stond in witte letters toch heus VADA te lezen. En er was maar één station.

"Kan niet missen!" Ze hoorde het Sjoukje nog zeggen...

Nou ja, eerst maar eens zien dat ze bij de uitgang kwam. Die was blijkbaar aan het einde van dit perron en...

Er ging ineens een ijskoude rilling over haar rug.

Nee!

Haar koffer! Waar was haar koffer?

Die vent was er met haar koffer vandoor!

Oh, waarom had ze niet beter opgelet? Stond zij hier suffend naar de omgeving te staren, pikte die kerel haar koffer mee!

Verdraaid! Hij was zo knap en het had zo'n galante vent geleken. Zij trapte ook overal maar in.

Terwijl haar ogen heen en weer over het stille perron flitsten in de hoop nog een spoortje van haar eigendom te ontdekken, schoot haar hand paniekerig naar haar buik.

Gelukkig! Het buideltasje met haar geld en reispapieren zat nog stevig om haar middel. Maar haar koffer zag ze nergens meer.

Sanne rende als een bezetene het perron af. Ze kon zichzelf wel slaan! Al haar spullen kwijt. Haar kleren, haar studieboeken, haar gloednieuwe laarsjes en TumTum...

TumTum was ook weg!

TumTum was het knuffelkonijn dat haar moeder voor haar gebreid had toen ze zwanger was. Al sinds haar prille jeugd ging Sanne nergens heen zonder TumTum.

In haar wanhopige woede sprong Sanne met drie treden tegelijk een smalle betonnen trap af en landde in het tunneltje beneden scheef op een uitstekende tegelrand.

Er flitste een steek van pijn door haar voet en die weigerde heel even alle dienst. Sanne verloor haar evenwicht en kwakte met haar rechterknie op het koude beton.

"Au," mompelde ze met een pijnlijk gezicht, maar ze krabbelde vrijwel meteen weer overeind. De pijn in haar knie verbijtend krukte ze half hinkelend en over haar elleboog wrijvend zo snel als ze maar kon door het schemerige tunneltje tot er uiteindelijk een bordje met USCITA in beeld verscheen dat uitnodigend omhoog wees.

Alweer zo'n ellendige betonnen trap! Maar dit keer zou ze wat voorzichtiger doen.

Ze hees zich met hulp van de leuning naar boven, hinkte een nauw gangetje door en kwam op een pleintje dat aan de rand van een enorme bloeiende grasvlakte vol knalrode papavers eenzaam in de zon lag te bakken.

Kijk! Daar, aan het eind van dat weggetje liep iemand met een blauwe koffer!

Sanne verbeet de pijnlijke steken in haar knie en hinkelde er zo hard als ze kon achteraan.

Maar al snel hield ze haar pas wat in. Het was een vrouw die daar met haar koffer liep. Ze droeg een hip kort rokje, dat de paar pondjes-te-veel rond haar heupen en bilpartij nog eens extra accentueerde en ze had gitzwarte lange haren, die op een gebloemd topje leken te dansen.

Ach wat, de dief had zijn buit natuurlijk aan een handlangster overgedragen. Ze moest het mens zo snel mogelijk inhalen!

De vrouw liep niet bepaald door. Af en toe stopte ze zelfs even om het handvat van de koffer in haar andere hand te nemen en het duurde dan ook niet lang of Sanne had haar ingehaald.

"Prego!" hijgde ze en omdat haar kennis van het Italiaans hier wel mee ophield, vervolgde ze in het Nederlands: "Geef onmiddellijk mijn koffer terug."

De vrouw keek haar indringend aan en trok minachtend een wenkbrauw op. "Pardon?" zei ze in onvervalst Hollands.

Een Nederlandse. Dat scheelde in elk geval een hoop taalproblemen. "Ik wil mijn koffer terug," herhaalde Sanne.

"Dit is anders wél mijn koffer, hoor," antwoordde de vrouw pinnig. "Wat denk je wel niet?"

Sanne wees op het KLM-label dat al even blauw was als de koffer. "Ik kan het bewijzen. Daar staat mijn naam op."

"Mooi niet," bitste de vrouw. "Kijk maar, daar staat Irma Evers. En dat ben ik toch heus zelf."

Sanne kneep haar ogen tot verschrikte spleetjes. Huh? Er stond echt *Irma Evers, Prins Hendriklaan 301, Zandvoort* te lezen. Maar...

"Ik geloof er niks van," viel Sanne uit. "Iedereen kan wel een ander label aan een gestolen koffer hangen. Ik wil dat we samen naar de politie gaan."

Irma Evers trok nu misprijzend twee wenkbrauwen de hoogte in, legde de koffer op zijn kant en ritste hem open.

"Nou, zeg het maar," zei ze met een uitnodigend gebaar. "Wat is er allemaal van jou bij?"

Sanne staarde naar een bergje onbekende sneeuwwitte onderbroeken maatje nijlpaard, vier al even witte beha's, een gebloemd badpak met ingenaaide buikversteviging, een pimpelpaars nachthemd en een dure fles Schotse single malt whisky die half uit een felgeel See Buy Fly-tasje stak.

"Dat is niet van mij," stamelde ze helemaal ontdaan en ze voelde een enorme blos van schaamte naar haar wangen stijgen.

Wat een blunder. Wat een gigantische afgang!

"Mooi, dan zijn we het daar helemaal over eens." Irma Evers snoof minachtend, ritste de koffer dicht en zette hem overeind.

Daarna pakte ze het handvat weer beet en liep zonder groeten verder. Haar rijk gevulde achterste schommelde bij elke stap die ze deed.

"Sorry!" riep Sanne haar na. "Sorry, het spijt me."

Maar Irma Evers wandelde onverdroten door.

Sanne streek met haar hand over haar verhitte gezicht. Wat moest ze nou?

Terug naar het station en daar bij het loket vragen waar het dichtstbijzijnde politiebureau was?

Ja, dat was het beste. Ze kon een redelijk signalement van de schurk geven en er had ook nog VIGO op zijn naamplaatje gestaan. Tja, dat was in Nederland weliswaar een vrij zeldzame naam, maar er was alle kans dat er hier wel meer mannen zo zouden heten. En als het waar was wat Sjoukje had gezegd... dat ze hier alleen maar Italiaans spraken en dat ze daarom zo lekker kon oefenen...

Ze kreunde zachtjes. Ze wist niet eens meer wat 'koffer' in het Italiaans was!

Ze draaide zich om en ging half hinkelend naar het stationsgebouw terug, waar ze op zoek ging naar een kaartjesloket. Maar de deur onder het grote informatiebord was op slot en toen ze door het glazen ruitje keek, zag ze naast een grote gele skippybal een al even geel kinderfietsje staan.

Nee toch! Dit was vroeger ongetwijfeld een stationsgebouw geweest, maar nu woonden er mensen en zo te zien was er niemand thuis.

Hevig balend krukte ze terug naar het pleintje, waar in een

schaduwrijk hoekje een dikke cyperse kat op een felblauwe koffer lag te slapen.

Hè, had ze een zonnesteek opgelopen of zo? Dat ze nu overal blauwe koffers zag?

De kat kwam loom overeind, rekte zich uit, sprong op de grond en begon opgewekt met zijn harige vacht langs haar kuiten te strijken.

Met haar ogen op de onbekende koffer gericht, aaide Sanne het beest over zijn kopje, schoof hem daarna aan de kant en krukte naar het nisje.

Sanne ter Horst, Wolvenlaan, Hilversum, stond er op het label.

Haar koffer? Zou dit echt haar koffer zijn?

Er zat een wit zakkensluitertje aan het oogje van de rits en dat leek heel erg op het provisorische gevalletje dat ze er op Schiphol nog gauw even had aangeknoopt...

In een ijltempo pulkte ze het zakkensluitertje los en trok de rits open. Daar, midden tussen haar spullen, lag TumTum haar met zijn geborduurde kraaloogjes olijk aan te kijken.

Er sloeg een golf van opluchting door haar heen. Deze koffer was van haar en alles zat er nog in!

De knappe Vigo had blijkbaar alleen maar galant willen zijn en haar bagage netjes eerst de betonnen trap af en daarna de volgende trap op gesjouwd.

Maar dat had hij toch wel even kunnen zeggen?

Sanne slikte beschaamd. Hij hád van alles gezegd toen hij op haar koffer wees, ze had er alleen geen biet van verstaan en zwoel glimlachend maar wat geknikt en "Prego" geroepen.

Het werd echt hoog tijd dat ze wat vlijtiger aan de studie zou gaan.

Sanne aaide TumTum liefkozend over zijn gebreide crèmekleurige kopje en glimlachte blij. Gelukkig! Vannacht zou hij weer lekker op haar kussen liggen.

Haar vingers gleden over zijn blauwe hesje. Haar moeder had toen ze van haar in verwachting was ontzettend gehoopt dat er na vier dochters eindelijk eens een jongetje zou worden geboren. In een onzinnige poging om het lot naar haar hand te zetten, had ze daarom een blauw jongenshesje voor het knuffelkonijntje gemaakt.

Het had natuurlijk niks geholpen. Als je van een meisje zwanger bent, wordt er een meisje geboren, blauwe hesjes of niet.

Bij mams volgende poging was er weer een meisje geboren, dat ook nog gehandicapt was, en daarna had ze haar verlangen naar een zoon uiteindelijk maar opgegeven.

Sanne ritste de koffer dicht, kwam moeizaam overeind en op één been balancerend keek ze speurend rond op zoek naar een taxistandplaats. Of zou er een bushalte zijn?

Maar het pleintje was compleet verlaten. De parkeerplaatsen waren allemaal leeg, de cyperse kat lag inmiddels op een houten bankje onder een boom te dommelen en er zat een groepje luid kwetterende mussen in het gras aan de overkant. Het enige teken van menselijke aanwezigheid was een racefiets die met een groen hangslot aan een robuuste lantarenpaal was vastgemaakt.

Tja, daar zou ze weinig inlichtingen van krijgen.

Wat moest ze nu? Lopen dan maar? Maar waarheen? Waar was Vada? Aan de andere kant van de bloeiende grasvlakte voor haar zag ze in de diepte wel wat huizen en het leek erop alsof daar helemaal achteraan bij de horizon de zee was.

Volgens Sjoukje lag Vada aan zee. Maar er was geen straat door het glooiende veld. Sterker nog, er was verder nergens een weg te bekennen.

Alleen het weggetje waarop ze die Irma Evers achterna was gegaan...

Nou, dan moest ze Irma's voorbeeld maar volgen en lopen.

Sanne deed opgewekt een stap in de richting van het weggetje, maar de felle pijnscheut die door haar zere knie flitste, gaf aan dat ze maar beter iets anders kon verzinnen. Zonder koffer ging hinkelen nog wel, maar mét was absoluut niet te doen.

Haar blik gleed langs het stationsgebouw en daar zag ze zowaar dicht bij elkaar drie voordeuren met naambordjes erop. Ze hinkelde erheen en belde op goed geluk bij de linkerdeur aan. Een minuut later probeerde ze de volgende en toen ook dat niks opleverde, waagde ze nog een poging bij deur nummer drie.

Ze hinkelde balend naar het bankje in de schaduw en ging naast de kat zitten. Die vond dat wel gezellig. Hij kwam loom overeind, sprong op haar schoot, draaide welgemoed wat rondjes en ging liggen alsof hij nooit meer wilde opstaan.

Sanne aaide hem over zijn zachte wollige lijfje en ondertussen gleden haar ogen nogmaals over het stille plein.

Er zat niks anders op dan te wachten tot er iemand kwam. Of zou er geen trein meer gaan vandaag?

Als een soort antwoord kwam er juist op dat moment een sneltrein langs jakkeren, maar daar schoot ze natuurlijk niks mee op.

Sanne zuchtte diep. Het was in elk geval warm als ze de nacht op dit bankje moest doorbrengen.

Ze viste een platgedrukt broodje uit haar schoudertas, scheurde het zakje open en nam een flinke hap.

Hè lekker, ze was wel toe aan iets hartigs.

Ze slikte en wilde een tweede hap nemen. Maar op dat moment sprong de cyperse kat overeind, sloeg haar geroutineerd het broodje uit handen en dook erachteraan naar de grond.

Terwijl Sanne ontzet toekeek, krabde hij met zijn vlijmscherpe nagels het broodje open, klauwde het beleg eruit en ging zijn buit een eindje verderop tevreden naar binnen zitten werken.

Volkomen onverwacht klonk er een scherpe stem achter Sanne en nog geen tel later greep een sjofel geklede vrouw de kat in zijn nekvel en pakte de plak kaas van hem af.

Terwijl de kat blazend een goed heenkomen zocht, kwam de vrouw met de aangevreten kaas in haar ene hand en een bemodderde hark in de andere stampend op Sanne af en begon haar druk gebarend in onvervalst Italiaans de huid vol te schelden, waarbij ze om de drie zinnen de woorden 'dieta' en 'gatto' gebruikte.

Huh? Waar ging het over? Was de kat op dieet? Maar dit kon zij toch niet helpen?

"Sorry hoor," mompelde Sanne, "hij pakte me het brood af. *Il gatto ruba* mijn eh..."

Sanne sloeg haar hand voor haar mond. Verdraaid, wat was kaas ook al weer? Het woord schoot haar te binnen en ze maakte de zin af met: "*Il mio formaggio.*"

De vrouw keek haar kwaad aan en trakteerde Sanne op een nieuwe stortvloed aan mediterrane klanken.

"Sorry," herhaalde Sanne en ze vervolgde met een houterig Italiaans zinnetje, dat ze zich van de cursus herinnerde: "*Scusi,* maar eh... waar kan ik de dichtstbijzijnde taxistandplaats vinden?"

De vrouw hield op met schelden en keek Sanne met samengeknepen ogen aan.

"Of een bushalte?" probeerde Sanne.

De vrouw snoof en wees met de hark achter zich.

"Maar daar is niks." Sanne hoorde zelf hoe wanhopig het klonk.

De vrouw hoorde het blijkbaar ook. Ze draaide zich half om en wees met de hark naar een kromme boom aan de overkant van het pleintje, waar een felgeel briefje was opgeplakt.

"Taxi," snauwde ze.

Sanne kneep haar ogen dicht en staarde naar het briefje. Het was een plakkaatje van het soort waar in Nederland meestal *'Wie heeft onze Moortje gezien?'* of *'Piet 50! Drie keer toeteren'* op te lezen staat. Daarom had ze er ook geen aandacht aan besteed.

Terwijl de vrouw in zichzelf mopperend wegbeende en achter een hoge heg verdween, kwam Sanne wat moeizaam overeind en hinkte naar de boom.

Op het gele velletje stond een getekend plaatje van een vrolijk lachend poppetje in een scheef autootje, met het bordje TAXI op het dak.

Er stond een telefoonnummer onder.

Sanne viste haar mobieltje uit de zak van haar jeans en tikte het nummer in. Een vreemde toetertoon gaf aan dat er iets mis was met het gedraaide nummer. Misschien moest ze eerst het nummer van Italië draaien? Als het goed was, stond dat ergens in het mailtje met gegevens dat Sjoukje haar had gestuurd.

Ze vond het velletje onder in haar handbagagetas, krabbelde daar het nummer van het taxibedrijf op en met haar zere been languit op het bankje deed ze een volgende poging. Dit keer lukte het wel. Terwijl de poes opnieuw bij haar op schoot kwam zitten en luid spinnend in haar jeans begon te klauwen, hoorde ze een beltoon en daarna de zachte stem van een man.

"Taxi?" vroeg Sanne, "Stazione Vada."

Het antwoord kon ze niet verstaan en daarom herhaalde ze haar zinnetje nog maar een keer.

Helaas maakte dat geen einde aan de Babylonische spraakverwarring en ook haar vraag of de man misschien Engels sprak, loste niks op.

Als een soort *dea ex machina* stond de vrouw met de hark ineens bij haar. Die nam haar mobieltje over, blafte wat onverstaanbaars en drukte de verbinding weg.

"De taxi komt eraan," verklaarde ze langzaam in gebroken Engels.

Voor Sanne iets terug kon zeggen, tilde de vrouw de kat van haar schoot, liep op de middelste voordeur van het voormalige stationsgebouw af, zette de hark tegen de muur en ging naar binnen.

Met samengeknepen ogen staarde Sanne naar de dichte deur.

*

Na een halfuur van steeds vertwijfelder wachten, zag Sanne een enorme wagen het pleintje op rijden. Het geval zag eruit als de slee van Don Corleone uit de film *The Godfather*.

De auto reed een rondje en stopte precies voor het bankje.

Het portier zwaaide open en Sanne had heel even het gevoel dat Marlon Brando zou uitstappen. Maar de hoogbejaarde magere meneer in het driedelig grijze kostuum, die zich met moeizame bewegingen naar buiten worstelde, leek voor geen meter op de knappe acteur.

De man keek haar taxerend aan en vroeg: "Taxi?"

Sanne knikte aarzelend.

Het rimpelige gezicht van de man klaarde op. Hij stapte op haar af, stak een blauwdooraderde slappe hand uit en stelde zich mompelend voor.

Hij wachtte niet af tot Sanne wat ging terugzeggen, maar greep haar koffer, trok die naar de achterkant van de auto en tilde haar bagage met een onverwacht soepele beweging in de kofferbak.

Daarna gooide hij het rechterportier open en wees uitnodigend naar de bruinleren bekleding van de voorstoel.

Nog steeds wat aarzelend kwam Sanne overeind. Was het wel vertrouwd? Straks was dit helemaal geen taxi, maar de auto van een of andere Oosterse sjeik. Dan zat ze met een beetje pech over een uurtje in een harem opgesloten.

Aan de andere kant, ze had de keus tussen hier blijven zitten of instappen. Blijven zitten was niet echt aantrekkelijk. Ze had ontzettende zin in een verkoelende douche en bovendien had de kat haar laatste broodje gepikt en ze kreeg steeds meer trek.

De chauffeur zelf zag er ook niet bedreigend uit, die viel waarschijnlijk direct om als ze een keertje blies.

Nee, het kon vast geen kwaad als ze instapte. En als ze naar een knappe sjeik werd gebracht, dan zou ze...

Verdraaid. Ze moest onderhand eens ophouden met die onzin.

Terwijl ze instapte, zag ze op de achterbank een ouderwets vaal bruin leren damestasje liggen, dat twee eeuwen geleden ongetwijfeld erg populair moest zijn geweest. Er lagen een chic zijden sjaaltje en een beige suède jasje naast.

De chauffeur zag haar blik en dat was voor hem aanleiding om een heel verhaal te beginnen. Sanne zuchtte maar eens en nam haar toevlucht tot het vertrouwde 'si' en 'no' als de man een teug lucht nam, want ze verstond er natuurlijk geen biet van.

Ze moest vanmiddag maar eens vlijtig met haar cursus aan de gang, want dit was natuurlijk ook geen doen.

De auto reed het weggetje af, nam een bocht naar links en vervolgde zijn tocht over een lange naar beneden lopende weg, die geflankeerd werd door hoge bomen.

Al snel kwam er bebouwing in beeld en na de volgende afslag reden ze een druk dorpspleintje op.

"Vada," zei de chauffeur. Er klonk trots door in zijn stem en Sanne keek belangstellend om zich heen.

Er waren allerlei winkels en restaurantjes langs de rand van het pleintje. Ze zag een ijssalon waar mensen genietend likkend naar buiten liepen, een VVV-kantoor, een kiosk met tijdschriften en een apotheek. Op het piepkleine terrasje voor de koffiewinkel zaten bezoekers van hun warme drankjes te genieten. Of zou het ijskoffie zijn?

Aan de overkant van het plein was een groot grasveld en een kiezelpaadje, dat naar de prachtige façade van een witte kerk voerde. Er kwam net een bruidspaar naar buiten.

Een paar tellen kon Sanne de prachtige vrouw in haar crème witte bruidsjurk vol lovertjes en kant bewonderen. Terwijl schattige bruidsmeisjes bloemblaadjes strooiden, keek de vrouw intens gelukkig naar de knappe bruidegom naast haar.

De auto draaide een zijstraat in en het sprookjesuitzicht werd vervangen door een grote Ierse setter, die ongegeneerd tegen een hegje stond te plassen.

Trouwen, dacht Sanne. Trouwen en denken dat alles een sprookje gaat worden. En daarna kreeg je het echte leven over je heen...

Nee, dat was allemaal niks voor haar. Ze had zo wel genoeg aan haar hoofd.

Sjoukje kon nou wel beweren dat er niets heerlijker op de wereld was dan kinderen krijgen, maar daar geloofde ze niks van. Natuurlijk, Sjoukjes man Jelle stond bekend als een trouwe echtgenoot en kleine David was een schatje, maar aan haar, Sanne, was dat allemaal niet besteed. Ze had dat moederlijke geduld gewoon niet en ze werd hypernerveus van gejengel.

Stel je voor dat ze eindelijk overstag ging en dan net als haar moeder ook een kindje met een hartprobleem zou krijgen? Haar zusje Emma was een schatje, maar heel bewerkelijk. Haar moeder had nooit meer een seconde vrije tijd gehad sinds Emma's geboorte. Of was dat normaal als je zes kinderen had?

Sanne beet op haar lip. In haar jeugd was alle aandacht in het gezin altijd voor Emma geweest. Zij, Sanne, hing er maar een beetje bij. De rest ook trouwens. Laatst had ze het er nog met haar oudere zussen over gehad en die waren het er allemaal over eens. Door Emma waren ze allemaal een hoop aandacht tekort gekomen.

Als opa er niet was geweest, had ze zich helemaal verloren gevoeld. Opa, die haar de liefde voor de Italiaanse opera had bijgebracht...

Sanne wreef over haar ogen. Die arme lieve opa, ze miste hem nog elke dag.

De wagen reed het dorp alweer uit en koerste nu over een eenzame weg. Links waren bloeiende velden met in de verte de donkere contouren van bergen en rechts zag ze tussen de donkere stammen van pijnbomen door af en toe de zee schitteren.

"Casa di Campagna," zei de chauffeur en hij wees op een groot vierkant huis dat aan de linkerkant van de weg oprees en begon langzamer te rijden.

Sanne ging rechtop zitten. Dat had ze verstaan. Casa di Campagna was de naam van het gebouw waar Hedy woonde. Waren ze er al?

Ja, de auto draaide de oprit van het grote Romeins aandoende huis in, reed langs een muur en stopte voor een hoge poort.

Terwijl Sanne wat stijfjes uitstapte en voorzichtig probeerde of haar knie het weer deed, haalde de chauffeur haar bagage uit de kofferbak en hield daarna geroutineerd zijn hand op.

"*Quindici* euro," zei hij.

Vijftien euro? Dat was omgerekend drieëndertig gulden. Best een beetje veel voor zo'n kort stukje. Maar dat kon ze niet in het Italiaans zeggen en daarom zat er weinig anders op dan zonder mopperen te betalen.

De chauffeur keerde de wagen en reed weg.

Sanne keek hem even na en omdat haar knie nog steeds pijnlijk was, hinkte ze voorzichtig naar de poort, waar ze voor twee gesloten groene metalen deuren kwam te staan.

In de rechterdeur zat een klink, maar toen ze die hoopvol naar beneden drukte en stevig tegen de deur duwde, kwam er geen beweging in. Hij zat op slot.

En Sjoukje had nog wel zo gezegd dat ze helemaal geen sleutel nodig zou hebben. *"De deur staat daar altijd open, hoor. Dat heeft Hedy me bezworen."*

Ja, ja... Al die informatie klopte voor geen meter.

Sannes ogen gleden over het groene metaal, maar er zat nergens een bel en er was ook geen klopper te zien.

Het ouderwetse handwerk dan maar. Ze sloeg met haar vlakke hand stevig op het harde metaal en riep keihard: "Hallo!"

Er kwam geen reactie, maar Sanne zette onverdroten door tot haar hand lelijk begon te steken.

Lieve help, haar hand was helemaal rood van dit gedoe. Was er soms nog een andere deur? Misschien stond ze hier wel bij de leveranciersingang of zo? Maar dat had de taxichauffeur toch moeten weten?

Zuchtend liep ze een stapje achteruit om te kijken of er nog ergens een deur zat. Maar links was er alleen een kale muur en rechts...

Hé, daar kwam een fietser aan. En behoorlijk hard ook. Zou die hier moeten zijn?

De fietser kwam in hoog tempo dichterbij en kneep vlak bij Sanne keihard in zijn remmen, zodat hij heftig piepend tot stilstand kwam.

Sanne staarde stomverbaasd naar de knappe man met de springerige donkere haren en het strakke T-shirt waar een bekend naamplaatje op zat gespeld.

"Vigo?" fluisterde ze.

Er kwam een glans van herkenning in zijn amberkleurige ogen en hij stak groetend een hand op.

"Ciao *bella*," zei hij. Er trok een vrolijke grijns over zijn knappe gezicht en daarna zei hij nog veel meer, waar Sanne niks van verstond.

Ze haalde wat hulpeloos haar schouders op. "*No capisco. Parla inglese?*"

Hij knikte. "Tuurlijk spreek ik Engels. Sta je hier wortel te schieten of zo?"

"Nee, de deur is op slot."

Hij keek haar verbaasd aan. "Op slot? Dat zou de eerste keer in acht eeuwen zijn."

Hij mikte zijn fiets achteloos op het pad, stapte naar de deur en duwde de klink omhoog. De zware deur zwaaide soepel open.

"Huh? Moest die omhoog?"

"Yep, gewoon omhoog. Heeft Hedy dat niet gezegd?"

Ze schudde haar hoofd. "Nee, ik heb alleen een mailtje van mijn vriendin. Van Sjoukje. Maar daar stond niks in over een klink die omhoog moest."

De naam Sjoukje zei hem niks. En uitspreken kon hij de naam ook al niet.

Hij pakte zijn fiets van de grond en maakte een uitnodigend gebaar naar de open deur. "Prego."

"Dank je." Sanne greep het handvat van haar koffer en deed een voorzichtige stap. Maar een felle pijnscheut maakte duidelijk dat haar knie het daar niet mee eens was.

Hij hield zijn hoofd een beetje schuin en keek haar nadenkend aan. "Gaat het?"

"Eh... nee. Eigenlijk niet. Ik eh... ik ben van de trap gevallen."

"Je bedoelt dat je vriend je mishandelt?" vroeg hij.

Ze trok een gezicht. Hoe kwam hij erbij?

"Welnee, ik heb geen vriend. Ik ben echt van de trap gevallen.

Op het station."

"Oh ja, dat gebeurt daar wel meer. Smalle treetjes." Zonder op haar antwoord te wachten, liet hij er op volgen: "Kun je fietsen?"

"Normaal wel, ja," bromde ze droogjes.

Hij grinnikte en reed de fiets naar haar toe. "Stap maar op. Haal ik je koffer zo wel."

Terwijl Vigo de fiets soepeltjes in evenwicht hield, gebruikte Sanne haar goede knie om op te stappen.

Fietsen ging niet lekker en daarom duwde Vigo haar de grote open binnenplaats op. Sanne keek om zich heen. Aan de rand van de binnenplaats was een groot met bloemen begroeid prieel. Er stond een lange houten tafel met bijpassende stoelen en in de hoek tegen de muur was een rode stenen barbecue gemetseld. Het rookkanaal was ooit crèmekleurig geweest, maar zat nu vol zwarte roetaanslag.

In haar verbeelding zag ze ineens begerige oranjerode vlammen hoog opgloeien in die zwarte schouw en ze rilde heftig.

Moest dat nou? Waarom moest die rottige barbecue dit idyllische plekje verpesten?

Vigo duwde de fiets verder en het uitzicht op de barbecue maakte plaats voor een hoge boom, die met zijn enorme groene bladerdak voor schaduw zorgde. Onder de boom was een gezellig zitje neergezet met een ronde tafel waarop een felgeel plastic kleedje lag.

Op een van de stoeltjes zat een vrouw in een bloemetjesjurk ontspannen achterovergeleund een boekje te lezen.

Sanne herkende haar onmiddellijk. Dat was die Irma Evers, die zij van kofferdiefstal had beschuldigd! Woonde dat tutje hier ook? Dat was de tweede tegenvaller.

Hoewel, als Vigo hier ook thuishoorde...

Vigo reed de fiets met Sanne linea recta naar de grote boom en hielp haar in het stoeltje naast Irma.

Irma sprong overeind. "Vigo!" riep ze overdreven. "Wat geweldig om je weer te zien."

Ze omhelsde hem en ratelde verder in rap Italiaans, zodat Sanne het niet meer kon volgen.

Was me dat balen! Die Irma stond Vigo helemaal af te likken. En zo te zien had hij daar niks op tegen.

Ten slotte draaide Vigo de fiets en reed ermee naar de rand van de binnenplaats, waar een rij deuren aangaf dat daar woningen waren.

Grappig, het was een echt Romeins huis, helemaal volgens de plaatjes in haar vroegere schoolboek, als een vierkant blok rondom een binnenplaats gebouwd met oranjerode dakpannetjes boven op het woongedeelte.

Irma ging weer zitten en las verder zonder Sanne ook maar een blik waardig te keuren.

"Heb je me niet horen roepen?" vroeg Sanne. "Of bonken?"

Irma knikte losjes. "Uiteraard. Je maakte genoeg leven om zelfs een peloton lawaaidove soldaten wakker te krijgen."

"Dan had je toch wel even open kunnen doen?"

"Opendoen? Waarom zou ik een open deur gaan openmaken? Ik ben blij dat ik even zit. Het was een hele reis, hoor."

Voor Sanne haar eens goed van repliek kon dienen, stond Vigo bij haar.

"Ik heb je koffer al voor je deur gezet." Hij wees losjes achter zich. "En laat me nou je been maar even bekijken."

"Pardon?"

"Laat me je been maar even bekijken," herhaalde Vigo geduldig.

Ze schudde haar hoofd. "Nee hoor, waarom zou ik?"

"Omdat je blijkbaar niet kunt lopen."

"Ja maar..."

"Hij is vierdejaars medicijnen," mengde Irma zich in het gesprek. "Dus doe gerust je jeans uit."

"Ik pieker er niet over," barstte Sanne uit. "Ik ga hier echt niet in mijn slipje zitten."

Irma gniffelde en mompelde iets in het Italiaans.

Het was blijkbaar erg grappig wat ze zei, want Vigo begon te schateren.

Daarna tilde hij de rood aanlopende Sanne van haar stoeltje en droeg haar naar de overkant van het plein, waar hij haar naast haar koffer neerzette.

Sanne was te beduusd om commentaar te leveren en zocht een beetje duizelig steun bij de deurpost.

"Je kleedt je eerst maar even om," zei Vigo met een knipoog. Al pratend gooide hij de deur open en bracht haar koffer naar binnen. Daarna tilde hij Sanne weer op, droeg haar naar de slaapkamer en zette haar naast haar koffer op het grote tweepersoonsbed.

"Als je wat anders aanhebt, roep je maar even," zei hij en verdween naar de gang.

Sanne zat onbeweeglijk op het bed. De geur van zijn heerlijke aftershave zweefde in haar neus en het was alsof ze zijn sterke armen nog steeds om zich heen kon voelen.

Warm, veilig, vertrouwd...

Ze was door een prachtige man naar haar slaapkamer gedragen en het moment was voorbijgegaan zonder dat ze zich écht had gerealiseerd wat haar overkwam.

Vroeger had ze zich wel eens voorgesteld hoe Ferdy haar zo zou dragen, in hun huwelijksnacht.

Ferdy... Ze moest maar niet meer aan hem denken.

"Ben je al zover?" riep Vigo vanaf de gang.

"Nee, ogenblikje nog."

Ze klikte in ijltempo haar koffer open, wurmde zich uit haar jeans en trok snel schoon ondergoed en een rokje aan.

Haar knie zag er blauw en gezwollen uit.

Sanne schoof haar vuile wasgoed onder het bed. "Ik ben zover," riep ze aarzelend.

Vigo kwam weer binnen en terwijl Sanne zich net zat te bedenken of ze niet beter met hem naar de woonkamer kon gaan, tilde Vigo haar alweer op.

Dit keer besefte ze wel wat er gebeurde, maar de heerlijke sensatie van zijn warme lichaam en zijn knappe gezicht zo dicht bij het hare was in een flits weer voorbij.

Via de smalle gang kwamen ze in een ruime woonkamer, die gezellig was ingericht. Er stond een grote houten eettafel met twee bijpassende stoelen en voor het raam was een comfortabel zitje van twee stoelen en een bank rondom een laag marmeren tafeltje.

Vigo zette Sanne op de bank, ging op zijn knieën voor haar zitten, legde haar voet in zijn schoot en bekeek haar knie.

"Dat is behoorlijk aangekomen, zo te zien. Doet het pijn als ik hem beweeg?"

Al pratend pakte hij haar voet en bewoog haar been op en neer.

Er trok een vreemde warmte door Sanne heen. Hij was zo ontzettend knap en het was zo heerlijk geweest in zijn sterke armen. Wat zou het geweldig zijn als hij...

Er flitste een lelijke pijnscheut door haar knie en alle romantische gedachten verdwenen op slag.

"Au."

"Dat doet dus pijn," was zijn droge commentaar. "En dit?"

"Au!"

"En dat ook." Het klonk geamuseerd.

Sanne trok haar been terug. "Zo leuk is dat anders helemaal niet, hoor," bitste ze feller dan ze bedoelde. Dat kwam omdat hij haar in de war maakte. Ze kon beter haar excuses aanbieden voor haar onaardige reactie.

Maar voor ze iets kon zeggen, praatte Vigo alweer door: "Ik ga het even intapen en dan doe je maar een paar dagen rustig aan."

"Intapen? Maar kan ik dan wel douchen?"

"Nee, natuurlijk kun je dan niet douchen. Dan wordt de boel nat."

Hij keek haar even indringend aan en Sanne voelde hoe haar hart een tel oversloeg.

Hij stond op. "Ga eerst maar douchen, dan tape ik straks je knie in, oké?"

Ze knikte opgelucht.

"En omdat je nou wat moeilijk kunt knielen, doe ik Roger vanavond ook wel even."

Sanne snapte er niks meer van. "Roger?"

"Roger Rabbit. Het konijn dat je moet verzorgen. Heeft je vriendin dat niet gezegd?"

Sanne schudde geschrokken haar hoofd. "Nee, daar heeft ze niks van gezegd. Dat gaat niet, hoor. Ik ben niet zo goed met huisdieren. Ik kon vroeger nog niet eens voor mijn goudvissen zorgen. Iedere keer pikte de kat ze uit de kom."

En zij miste de beestjes pas dagen later als haar moeder vroeg waarom het vissenvoer op de kast stond te beschimmelen. Nee, zij was niet bepaald van het verzorgende type.

"Dat ga ik geheid vergeten," vulde ze aan.

"Als je het maar uit je hoofd laat," bromde Vigo en hij keek haar met een felle blik aan. "Vanavond doe ik het nog, maar verder zorg jij gewoon voor Roger. Die hoort bij dit huis."

"Ja maar, ik..." begon Sanne.

"Onder de douche met jou," commandeerde Vigo lachend. "Dan mag je straks komen barbecueën."

Sanne had even het gevoel alsof ze een klap in haar gezicht kreeg en er sloeg een golf van misselijkheid door haar heen. Die afschuwelijke geur van schroeiend vlees...

Mensenvlees...

"Ik hou absoluut niet van barbecue," zei ze schor.

"Tja, dan wordt het hongerlijden." Vigo streek achteloos een springerige krul van zijn gebruinde voorhoofd. "Hedy's koelkast is helemaal leeg. Hoewel... er staan nog twee flessen bronwater in. En er ligt ook een worteltje voor Roger. Je zou soep kunnen maken."

Sanne zag de pretlichtjes in zijn ogen en ze keek hem kwaad aan. "Jij vindt jezelf erg grappig, hè? Je weet helemaal niet..."

Ze hield geschrokken haar mond en sloeg haar ogen neer.

Wat ging het hem aan dat Ilona door haar schuld...

Welnee, dat was haar schuld helemaal niet. Ferdy had die spiritus op de smeulende barbecue gegooid. Zij niet. Zij had er verder niks mee te maken...

"Het was wél jouw idee van die spiritus," zei een narrig stemmetje diep in haar hoofd. *"En Ferdy was jouw vriend."*

Verdraaid! Ze had dat ellendige schuldgevoel al maanden zo goed weten weg te stoppen en door dat stomme ding op de binnenplaats kwam alles weer naar boven borrelen.

Maar dat wilde ze niet. Ze wilde niet meer dromen van zwartgeblakerde vingers en ook niet van verwijtende ogen die haar intens verdrietig aankeken. Ze wilde niet denken aan een toekomst die verwoest was. Ze wilde lol maken in het leven. Genieten!

"Ik eh... ik geloof dat ik..." mompelde ze, maar toen ze opkeek, merkte ze dat ze tegen de stoel zat te praten. Vigo was zonder dat ze het gemerkt had de kamer uit gelopen.

Ze wreef vermoeid over haar ogen. Nou had ze die knappe hunk ook nog weggejaagd met haar gedoe.

Ach, wat gaf het eigenlijk? Eerst maar eens een warme douche. Daarna zag de wereld er vast heel anders uit.

HOOFDSTUK 3

Het was een paar dagen later. Sanne zat op een rotan stoeltje op de grote binnenplaats van Casa di Campagna vlijtig woordjes te leren. Ze moest morgenmiddag voor het eerst in de strandtent Il Gabbiano, oftewel De Zeemeeuw, aan het werk en hoe meer Italiaanse woordjes ze dan kende, hoe beter.

Hoewel haar knie nog maar weinig pijn deed, had ze haar been toch op een rustbankje gelegd. Maar dat was vooral omdat ze hem lastig kon buigen door het rekverbandje dat er nog steeds omheen was gewikkeld.

Ze nam tevreden een slok van haar versgeperste vruchtensap en sloeg een bladzij om. Ze begon al aardig te wennen hier.

Haar appartement was heel comfortabel, het bed lag lekker en de andere bewoners waren stuk voor stuk aardig voor haar.

Nou ja, dat was misschien wat te optimistisch gezegd. Die Irma Evers was een vervelende uitzondering en daar kwam ze niet meer vanaf. Want Irma bleef tot eind september in haar ruilwoning.

Irma negeerde haar aanwezigheid meestal totaal en als ze al eens iets tegen haar zei, klonk het vaak pinnig en afgemeten.

Ze was duidelijk nog niet vergeten dat Sanne haar ten onrechte van kofferdiefstal had verdacht. Nou ja, als dat het enige probleem was hier, had ze niks te klagen. Alle kans dat Irma nog zou bijtrekken.

"Vigo vraagt of je vanavond met hem naar de opera wilt," klonk ineens een bekende pinnige stem onverwacht naast haar.

Sanne keek verschrikt op door het onverwachte geluid. Ze was zo diep in gedachten geweest dat ze niemand had horen aankomen.

"Wat zeg je, Irma?" vroeg ze verbaasd.

"Of je met Vigo naar de opera wilt vanavond," herhaalde Irma op ongeduldige toon. "Jij houdt toch zo van opera?" vulde ze met een bits lachje aan.

"Ja natuurlijk. Maar eh... waarom vraagt Vigo dat niet zelf?"

Irma zuchtte op een manier die duidelijk aangaf dat ze Sanne maar een sufferdje vond. "Vigo moet de trein halen. Hij heeft zo een meeting met zijn stagementor. Hij vroeg mij natuurlijk mee vanavond, maar ik heb echt geen zin in dat duffe gegalm."

"Oh... Ik heb hem anders daarstraks nog gesproken. Toen heeft hij niks gezegd."

"Hij heeft pas gehoord dat er een kaartje over is. Hij zou met zijn moeder gaan, dat is namelijk een heftige operafan. Maar de stakker heeft net gebeld dat ze ziek is. Vandaar."

"Oh," bromde Sanne. Ze vertrouwde het bericht niet erg. Alle kans dat Irma haar wat op de mouw probeerde te spelden. "Welke opera is het eigenlijk?"

"*La traviata* van eh... Hoe heet die vent ook alweer?"

"Verdi," zei Sanne automatisch.

"Kan wel wezen." Irma knikte losjes en praatte door: "Zoals ik al zei, ik heb totaal niks met dat kattengejammer. En dat is de enige reden waarom ik jou laat gaan. Vigo en ik zijn hartstikke verliefd op elkaar. Dat je dat even weet."

Er ging een nare steek door Sannes hart. Waren Vigo en Irma een stel? Maar daar had hij niks van gezegd. En gemerkt had ze het ook niet. Bij de gezamenlijke maaltijden zag ze hem nooit naast Irma aanschuiven.

Integendeel, hij kwam vaak naast haar, Sanne, zitten. Vigo

was altijd aardig tegen haar en heel correct als hij haar knie kwam verbinden. Altijd netjes kloppen en wachten tot ze "binnen" riep. Hij raakte haar ook nooit 'per ongeluk' op verkeerde plekjes aan.

Ze slikte. Heel diep in haar hart vond ze dat een beetje jammer. Hij was leuk... haar Vigo.

Ze schoot van schrik rechtop.

Haar Vigo?

Hoe kwam ze erbij?

Zou Irma hem echt hebben ingepalmd? Maar Irma was geen schoonheid. Vigo kon...

"Oh, hier zit je," hoorde ze Vigo ineens zeggen. "Lukt het je vanavond om mee te gaan?"

Sanne schoot rechtop. Hè? Was dat praatje van Irma toch waar? Wilde Vigo echt met haar uit?

Wow!

Er trok een warme blos van opwinding over haar gezicht, maar omdat Irma haar scherp zat op te nemen, probeerde ze Vigo zo gewoon mogelijk aan te kijken.

"Ja," zei ze vrolijk, "dat lijkt me hartstikke leuk. Ik ben dol op *La traviata*."

"Dat is dan afgesproken." Vigo leunde losjes op het stuur van zijn fiets. "Ik pik je om halfzes met de auto op om naar het station te gaan. Je kunt beter nog even niet fietsen met die knie."

"Oké." Ze knikte. "Is het in Verona?"

Vigo schudde zijn hoofd. "Nee, in Pisa." Hij zwaaide zijn been over de stang en zette zijn voet op de trapper. "Hé, ik zie je vanavond. Anders mis ik mijn trein. Ciao."

Hij gaf haar een vrolijke knipoog en fietste weg.

Sanne keek hem na. Een mooie man met een volmaakt figuur.

"Beeld je maar niks in, hoor. Vigo is echt van mij," bitste Irma.

"Vast wel," reageerde Sanne. "Daarom neemt hij natuurlijk ook zo uitgebreid afscheid van je."

Er gleed een triomfantelijk lachje over Irma's gezicht. "We hebben elkaar vanmorgen al gedag gezegd. In zijn bed welteverstaan."

Ze draaide zich met een hooghartig knikje om en trippelde weg.

Sanne keek haar na. Zou het waar zijn wat Irma zei?

Dat Irma en Vigo echt... Ze liet de gedachte even op zich inwerken en schudde langzaam haar hoofd. Nou, eigenlijk geloofde ze daar niks van. Vigo was zo knap, die kon heus wel beter krijgen dan dat opgedirkte tutje met haar witte onderbroeken maatje nijlpaard.

En Irma kon nou wel net doen of ze niet van opera hield, maar dan was het toch erg raar dat ze haar 'vriend' met een ander meisje liet gaan. Als zij, Sanne, in dat schuitje zat, zou ze dat risico niet nemen. Je moest de kat niet op het spek binden. Toch?

Nee, Irma kletste uit haar nek en zij, Sanne, ging vanavond lekker met Vigo naar de opera.

Sanne nam een grote slok sap en draaide haar ogen weer naar haar studieboek. Stevig doorleren maar. Dan kon ze binnen de kortste keren met Vigo in het Italiaans praten. Dat was wel zo gezellig.

*

Die middag stond Sanne uren voor de hoge spiegel in de slaap-kamer te midden van een hele berg kleren te bedenken wat ze aan zou trekken voor haar uitje met Vigo.

Ze had al tien topjes gepast en niet goed bevonden, haar twee zomerjurkjes voldeden ook niet aan haar hoge eisen en haar blauwe jeans kwam al helemaal niet in aanmerking. Daar pas-te ze voor goed fatsoen niet in, met dat dikke verband om haar knie.

Uiteindelijk draaide ze zich hulpzoekend om naar het bed.

"Wat vind jij ervan, TumTum?" vroeg ze hardop aan haar knuffelkonijn. "Zal ik dan dat groene truitje maar aandoen? Met dat zwarte rokje? Of kruipt dat omhoog als je op zo'n tri-bune zit?"

TumTum bood natuurlijk geen enkele hulp en Sannes ogen gle-den weer over de berg kleding op de grond. Misschien was een lange rok in dit geval wel beter. Dan viel dat stomme rekver-band ook niet meer op.

Als ze daar dan dat rode hesje bij aantrok... Of was dat te warm? Verdraaid, ze wist maar weinig van de opera in Pisa. Ten-minste, er was een operahuis, waar ze in dat hesje ongetwijfeld zou wegsmelten. Of zouden ze er airco hebben? Maar er wer-den ook wel openluchtconcerten gehouden langs de Arno en dan was het hesje later op de avond aan de frisse kant. Maar ze had geen flauw idee waar ze terecht zou komen. Lastig hoor, wie kon ze nou vragen? Vigo kwam straks pas en dan moest ze toch heus aangekleed zijn.

Bij Irma informeren was niet bepaald een optie en de andere bewoners spraken vooral Italiaans. Natuurlijk had ze er van-middag weer een hele rits zinnetjes bij geleerd, maar een echt gesprek voeren over een bepaald onderwerp zat er voorlopig nog niet in. Met *'Waar kan ik het politiebureau vinden, mevrouw?'* en *'Wat kosten de bananen vandaag?'* kwam ze niet echt ver als het over kledingkeuzes ging.

Nou, dan toch die lange rok maar vanwege het verband met daarop dat rode topje. En dan nam ze een jasje mee voor het geval het te koud werd.

Ze kleedde zich aan en besteedde daarna nog ongeveer een uur om haar make-up tiptop te krijgen.

Terwijl ze het laatste speldje in haar keurig opgestoken kapsel schoof, klonk er een beschaafd klopje op de deur.

Vigo! Daar zou je hem hebben.

Ze spoot snel nog een beetje geurig parfum in haar hals, greep haar tasje van het bed, streek TumTum even over zijn gebreide hoofd en liep zo snel als ze kon in vol ornaat naar de deur.

"Ha Vigo," begroette ze hem opgewekt, maar daarna hield ze verbaasd haar mond.

Huh?

Hij droeg een groen joggingpak en aan zijn voeten staken knalrode gympen.

Oh help, gingen alle Italianen zo sportief gekleed naar de opera? Of moesten ze soms een eind lopen?

Oef, dan viel zij behoorlijk uit de toon in haar gala-outfit met naaldhakken.

"Je ziet er mooi uit," zei Vigo. Er lag een bewonderende klank in zijn stem.

"Dank je," lachte ze en ze wees naar zijn gympen. "Maar ik kleed me nog snel even om, anders dan eh... passen we niet bij elkaar."

"Welnee, je bent prachtig. Kom, we hebben niet veel tijd meer."
Ze staarde hem aan. Wat deed het er ook toe wat hij aanhad?
Hij zag er vast nog fantastisch uit in een aardappelzak.
"Kom maar gauw," herhaalde hij. "Ze zit vast al te wachten."
Ze zit vast al te wachten.
Hè? Wat bedoelde hij nou? Ging Irma ook mee? Of verstond
ze het verkeerd?
Vigo had zich al omgedraaid. "De auto staat op de inrit," zei
hij en hij liep met grote passen voor haar uit.
Ze ging hem zo snel als ze kon achterna, de binnenplaats over
en onder de poort door. Niet echt een romantisch begin van
een gezellig avondje uit...
Op de met steentjes bezaaide oprit stond een groene Alfa
Romeo met draaiende motor te wachten tussen de bloeiende
papavers. Maar de auto was helaas niet het enige teken van leven op het pad, want achter het wijd open portier zag ze het
stralende gezicht van Irma in beeld verschijnen. Irma droeg
ook een joggingpak.
"Ha Sanne," zei Irma liefjes en ze hield het achterportier voor
Sanne open. "Stap maar gauw in, we zijn behoorlijk laat."
Sanne schoof op de achterbank en vanuit haar ooghoeken zag
ze hoe Irma naast Vigo op de voorstoel ging zitten.
Sanne kneep haar lippen op elkaar. Het leek er verdraaid veel
op dat dit uitje heel anders ging verlopen dan zij zich had voor-
gesteld. Wat moest Irma hier? Die hield toch niet van opera?
De wagen reed weg en Irma draaide zich naar Sanne om.
"Ze zit vast al smachtend op je te wachten," zei ze met een
stralend lachje.
Ze zit vast al smachtend op je te wachten...

Sanne liet het zinnetje even op zich inwerken. Vigo had ook al zoiets gezegd. Maar waar ging het over? Wie zat er te wachten?

"Wat bedoel je?" vroeg ze en ze hoorde zelf hoe de achterdocht uit haar stem droop.

"Vigo's moeder natuurlijk," antwoordde Irma en daarna zei ze iets onverstaanbaars tegen Vigo.

Vigo's moeder? Wat had die er in vredesnaam mee te maken?

Verdraaid, Irma zat duidelijk te gniffelen en in het binnenspiegeltje zag ze lachrimpeltjes om Vigo's mond. Wat was er zo lollig? Waar waren die twee mee bezig?

"Vigo's moeder is toch ziek?" vroeg Sanne zo rustig mogelijk.

Irma draaide zich opnieuw naar Sanne om. "*La Mama* voelt zich weer prima. Ze heeft echt zin om met jou naar de opera te gaan."

Sanne schrok. "Maar ik zou toch met Vigo..." stamelde ze, maar ze deed haar mond haastig weer dicht. Irma zat haar te jennen om haar uit haar tent te lokken, maar die lol gunde ze haar niet.

"Vigo's voetbalmaat is ziek," legde Irma op genietende toon uit. "Er is vanavond een belangrijke wedstrijd en daarom valt Vigo voor hem in."

Sanne slikte. Dat verklaarde de joggingpakken en de sportieve gympen. Daar was ze mooi klaar mee!

"We zijn er bijna," kondigde Vigo aan. "Ik zie haar al staan."

"Ja kijk daar," wees Irma en ze schoof een eindje van Vigo af om Sanne een vrij uitzicht op het voormalige stationsgebouw te gunnen.

Voor de linkerdeur stond een wat oudere vrouw in een lange glamourjurk met een enorm decolleté. Er draaide een dikke cyperse poes rondjes om haar benen.

Nee toch? Dat was dat sacherijnige mens van die hark, waar ze geen al te beste herinneringen aan had.

Was dat Vigo's moeder? En erger nog: moest ze met die zuurpruim naar *La traviata*?

Vigo stopte de wagen precies voor de *grande dame*, sprong uit de auto en gaf het mens een klinkende zoen op haar wang.

Daarna hielp hij Sanne uitstappen en stelde haar met een vrolijke lach aan zijn moeder voor.

De moeder keek Sanne zuur aan en weigerde de hand die Sanne uit beleefdheid had uitgestoken, maar dat viel Vigo blijkbaar niet op.

"Veel plezier samen, hè?" zei hij en schoof weer naast Irma in de auto. "Ik haal je vanavond weer op."

Irma draaide haar raampje omlaag. "Wij halen je vanavond weer op. Geniet met volle teugen, zou ik zeggen."

Terwijl de wagen wegreed, sloeg de cyperse poes haar nagels in Sannes mooie rok en begon zich uitvoerig uit te rekken.

Sanne aaide het beest afwezig over zijn kop. "Ikke..." zei ze in haar beste Italiaans, "ik zal wel een taxi bellen om naar huis te gaan." En ze voegde er in het Nederlands aan toe: "Dat wordt helemaal niks vanavond. Die vervelende Irma ook. Ik zou haar het liefste haar ogen uitkrabben."

De vrouw trok haar gezicht in een scheef lachje, trok de kat van Sannes rok, hield het beest in haar uitgestrekte armen van zich af - om te voorkomen dat ze onder de haren kwam te zitten - en zette hem resoluut achter de deur.

Daarna draaide ze zich weer naar Sanne toe. "De trein komt eraan," zei ze langzaam en duidelijk. "De kaartjes zijn duur."

Daarna wees ze naar het nauwe gangetje dat naar het perron leidde en stapte met klikkende hoge hakken voor Sanne uit.

Sanne bleef aarzelend staan. Ze had totaal geen zin om met die vrouw uit te gaan, maar wat was het alternatief?

Haar ogen gleden over het verlaten pleintje. Ze zou daar op het bankje kunnen wachten tot Vigo terug zou komen, want een taxi bellen zat er helaas niet in. Haar mobieltje lag op het tafeltje in de hal, dat had ze in haar haast om achter Vigo aan te gaan compleet vergeten. En de dichtstbijzijnde telefooncel was in het dorp.

Op naaldhakken terug naar huis wandelen was ook geen optie. Zelfs als haar knie in perfecte conditie was geweest, was een stuk van ruim vijf kilometer onder die omstandigheden een heilloze onderneming.

Er klonken venijnig klikkende hakken in het gangetje. "De trein komt eraan," riep Vigo's moeder dringend.

Sanne haalde haar schouders op. Nou, veel keus had ze niet en wat kon haar eigenlijk gebeuren? Die vrouw zou haar heus niet opeten en het was een prachtige opera...

Dus liep ze met voorzichtige passen op de vrouw af en volgde haar naar het perron, waar de trein net binnen kwam tuffen.

*

Een zwijgzaam en ongezellig uurtje later stapten ze in Pisa weer uit de trein. Het was een groot en druk station vol herrie van aankomende treinen en luidsprekers die een constante stroom van blikkerige aankondigingen over de menigte reizigers uitstortten.

Vigo's moeder trok zich niks aan van de horden toeristen met hun zware koffers. Ze liep voor Sanne uit naar de lift en drukte op het knopje.

"Vigo heeft gezegd dat je geen trap mag klimmen," verklaarde ze op een toon die duidelijk maakte dat ze haar zoon als een soort heilige vereerde. "Het is zo jammer dat hij moet voetballen vanavond."

Sanne snoof en liep de vrouw achterna de lift in. Grappig, ze mocht het mens totaal niet en dat was duidelijk wederzijds, maar hier dachten ze toch helemaal hetzelfde over. Het was ontzettend jammer dat Vigo naar voetballen was. Met die tut van een Irma nog wel...

De lift stopte en Sanne haastte zich achter La Mama aan, een saaie betegelde gang onder de sporen door, tot ze bij de lift naar de uitgang kwamen.

Bovengekomen, trippelde Vigo's moeder zonder iets te zeggen naar een bushalte op het grote plein voor het station.

Sanne keek om zich heen. Het was een groot en ongezellig plein, dat voornamelijk uit bushaltes bestond, waar massa's toeristen elkaar stonden te verdringen.

Vigo's moeder worstelde zich geroutineerd tussen de toeristen door tot ze helemaal vooraan stond en de aanrijdende bus stopte dan ook precies voor haar neus.

Ze groette de chauffeur uitbundig en hield met haar imposante verschijning ontspannen kletsend de toegang bezet tot Sanne zich bij haar had gevoegd en stapte daarna in. Sanne hees zich met moeite het trapje op, waar ze begroet werd door een joviale chauffeur.

Ze groette wat bedeesd terug.

Vigo's moeder ging intussen elegant op een vrij plekje zitten en gebaarde heftig naar de bank achter haar, waar al een meisje met kastanjebruine krullen op de raamplaats zat. Ze droeg een keurig hooggesloten mantelpakje.

Poeh, die zou het wel warm hebben.

Sanne zakte naast het meisje en wreef vermoeid over haar ogen. Het uitje was tot nu toe niet bepaald een succes. Ze kon alleen maar hopen dat de opera het nog een beetje goed zou maken.

Opeens voelde ze een tikje tegen haar arm en een stem zei: "Sanne? Wat doe jij nou hier?"

Sanne schrok zich een ongeluk.

Die stem...

Dat was...

Maar dat kon toch niet? Dat was toch niet echt Ilona die hier naast haar in een Italiaanse bus zat? Ilona zat ergens weggestopt in een revalidatiecentrum op de Veluwe. Toch?

Sanne keek schichtig opzij en er trok een ellendige kramp door haar maag. Het was Ilona wel degelijk.

Haar oude schoolvriendin Ilona, die ondanks de hitte een hooggesloten bloesje en lange handschoenen droeg.

Oh help! Wat moest ze nou zeggen? Ze kon geen kant op!

Ze schraapte haar keel, maar door de herrie van de bus was dat gelukkig niet te horen.

"Dag Ilona. Hoe gaat het?" vroeg ze schor.

Ilona stak haar gehandschoende handen in een soort beschuldigend gebaar omhoog. "Het gaat fantastisch, Sanne. Leuk dat juist jij dat vraagt." Ilona trok haar neus op. "Eindelijk weer eens wat belangstelling van jouw kant. Ik heb maanden niks van je gehoord. Nog geen belletje."

Sanne liep rood aan. Daar gingen ze weer. Ilona was er een kei in om iemand een gigantisch schuldgevoel te bezorgen.

Ja, het was natuurlijk vreselijk wat er met haar was gebeurd en ze waren met z'n allen in het begin heel vaak bij haar op bezoek gegaan. Maar heel geleidelijk was de een na de ander volledig op Ilona afgeknapt. Als je constant moest horen hoe zielig ze wel niet was en wat voor onrecht haar door jouw schuld was aangedaan... en je had al duizend keer gezegd dat het je zo speet en dat je het zo ellendig voor haar vond... Wat moest je dan nog?

Van al die spijtbetuigingen gingen zij zich alleen maar rotter en nog schuldiger voelen en Ilona werd er niet beter van. Integendeel, die ging steeds harder zeuren.

Nou ja, zeuren... Dat was niet aardig van haar om het zo te noemen. Ilona had het ontzettend beroerd natuurlijk, maar het was op een gegeven moment gewoon niet meer op te brengen om haar nog te bezoeken. Je kwam er op het laatst met zelfmoordneigingen vandaan.

Zij, Sanne, had het bijna het langste volgehouden van allemaal.

"Ik snap best dat je niet van ziekenhuizen houdt," zei Ilona met een berustend lachje. "Maar ik ook niet! En ik had geen keus!"

Sanne werd nog roder. "Ik heb je toch best vaak geschreven en gemaild? En Timo beweerde..."

"De zak!" onderbrak Ilona haar heftig. "Die ellendige zak liet me zomaar barsten! De hele bruiloft was geregeld. Ik had zelfs mijn jurk al in huis!"

Sanne slikte. Ilona vertelde haar geen nieuws. Maar Ilona was heus niet de enige die haar lief door dat ellendige feestje was kwijtgeraakt. Ferdy had haar, Sanne, ook laten zitten. En daar had ze het af en toe nog steeds behoorlijk moeilijk mee. Ferdy had haar een paar weken voor de ramp ten huwelijk gevraagd. Ze hadden ringen gekocht en ze was met hem *all the way* gegaan, omdat ze zó zeker was van hun liefde en hun gezamenlijke toekomst. En wat was er van overgebleven, van al haar mooie dromen?

Even was het alsof ze Ferdy's stem nog gefrustreerd tegen haar kon horen roepen: *"Ik kan er niet meer tegen, Sanne. Iedere keer als ik jou zie, komt het allemaal weer boven. Ik heb er nachtmerries van. Ik kap ermee."*

Sanne had er ook verschrikkelijke nachtmerries van en er was destijds geen nacht voorbijgegaan zonder dat ze badend in het zweet en met hartkloppingen wakker werd. Maar dat interesseerde Ferdy blijkbaar niet. En Ilona zat ook niet op die mededeling te wachten. Die had genoeg aan haar eigen sores.

"Al mijn vrienden zijn me zo tegengevallen," onderbrak Ilona haar pijnlijke gedachten met de volgende klaagzang. "Ze hebben me allemaal laten stikken."

Sanne onderdrukte een zucht. Zou Ilona nou echt niet snappen dat ze op moest houden met mensen een schuldcomplex aan te praten? Als zij wat prettiger gezelschap was, kwamen de vrienden vanzelf weer terug. Zelfs Sjoukje had het intussen opgegeven, dat zei toch wel iets.

"Nee, van je vrienden moet je het in deze wereld niet hebben," ging Ilona onverdroten door, terwijl ze haar handen alweer beschuldigend omhoog stak. "Ze verminken je voor je leven en daarna laten ze je barsten."

Sanne slikte moeizaam. Oh help! Wat moest ze daar nou op

antwoorden? Alles was immers al gezegd.

"Ik vind het ellendig voor je," bromde ze zacht. "Echt heel rot dat het zo moest lopen."

"Ja, da's lekker makkelijk gesproken. Dan ben jij er weer af. Maar ik heb levenslang!"

Vigo's moeder stond op en drukte op een knopje boven haar hoofd. "We moeten er zo uit," kondigde ze aan.

"Ik moet uitstappen," zei Sanne en ze probeerde de opluchting zorgvuldig uit haar stem te houden. "Logeer je hier in de buurt? Dan kan ik een keertje bij je langskomen."

Niet dat ze daar nou naar uitkeek, maar wat moest ze anders?

Ilona rommelde in haar tasje en toen haar gehandschoende hand daar weer uit tevoorschijn kwam, hield ze een kaartje van hotel Torre Pendente tussen twee gestrekte vingers geklemd. "Het is kamer 264." Ze stak het kaartje stijfjes naar Sanne toe. "Ik kan mijn vingers niet meer buigen. Nooit meer."

Ze keek Sanne fel aan. "Weet je wat dat betekent? Ik kan nooit meer viool spelen. Echt nooit meer. Mijn hele rottige leven niet!"

"Ik vind het echt heel erg naar voor je," stotterde Sanne en ze kwam overeind van de bank. "Ik weet niet wat ik zeggen moet, Ilona. Maar ik bel je, oké?"

Ilona knikte. "Oké." Alsof ze in zichzelf praatte, voegde ze er nog heel zacht aan toe: "Ik ben benieuwd."

Er flitste een schuldige kramp door Sannes buik en ze durfde niet te laten merken dat ze het zinnetje had gehoord. Er klonk zoveel verwijt in door.

Maar was dat terecht? Ze had echt haar best gedaan om Ilona te steunen, maar ze trok het destijds gewoon niet meer. Al die rottige nachtmerries, het uitraken van haar relatie en dat toren-hoge schuldgevoel dat constant werd gevoed door een oneindige stroom van verwijtende jammerklachten...

Ilona was nog geen spat veranderd. Als ze nog langer in deze bus zou moeten blijven, werd ze gillend gek.

Ze probeerde vrolijk naar Ilona te lachen, maar meer dan een scheef grijnsje werd het niet. "Ik bel je echt," beloofde ze. "Doei!"

Na een korte aarzeling gaf ze Ilona een vriendschappelijke kus op haar ongeschonden wang ten afscheid en hield haar hoofd scheef om Ilona's antwoord te ontvangen. Maar die kuste haar niet terug. Integendeel, ze draaide haar gezicht van Sanne weg en wierp een vertwijfelde blik op een knappe jongen die zijn meisje in het bushokje stond te zoenen.

"Nooit meer," hoorde Sanne haar mompelen.

"Kom! Uitstappen!" riep Vigo's moeder op commanderende toon.

"Doei!" zei Sanne nog een keer en daarna ging ze zo snel als haar knie en de hoge hakken het toelieten achter Vigo's moeder aan de bus uit.

Op het stoepje keek ze de wegrijdende bus nog even na. Vanachter een raampje zag ze een gehandschoende hand stijfjes naar haar wuiven en ze zwaaide zo enthousiast mogelijk terug.

Maar diep in haar hart bromde een stemmetje heel hard "*opgeruimd staat netjes*" en het ellendige schuldgevoel sloeg opnieuw als een laaiende vlam door haar ziel.

*

Een uurtje later was de opera in volle gang. Sanne zat naast Vigo's moeder op een stoeltje in een dure loge voor twee personen, waar ze een riant uitzicht op het toneel had.

De stemmen waren prachtig en ook de leden van het orkest deden roerend hun best.

Maar aan Sanne was de pracht en praal van het operahuis niet echt besteed. Ze moest steeds maar terugdenken aan de ontmoeting met Ilona en ze voelde zich intens verdrietig door alle emoties die daarbij weer waren opgerakeld.

Het trieste liefdesdrama dat op het toneel tot leven werd gebracht, zorgde er ook niet bepaald voor dat ze zich beter ging voelen.

Het was natuurlijk niet de eerste keer dat ze *La traviata* zag, maar het leek wel of het verschrikkelijke lot van een stervende Violetta in de armen van haar geliefde Alfredo haar vanavond pas echt raakte.

Dit was niet alleen maar 'toneel'. Dit soort dingen gebeurden echt in het leven.

Ilona's liefde was kapotgegaan en haar leven verwoest.

Zij, Sanne, had Ferdy verloren...

En opa was er ook niet meer.

Opa...

Ach, wat zou opa hiervan hebben genoten. Die prachtige stemmen in deze schitterende entourage van een echt Italiaans theater.

Sanne wreef een opwellende traan van haar wang.

Hè, waarom zat ze zo triest te doen? Ze had toch fijne herinneringen aan opa?

Door opa had ze zich speciaal gevoeld. Hij had haar dat extra beetje aandacht gegeven die haar moeder haar door alle drukte rond haar gehandicapte zusje niet kon geven.

Eerlijk gezegd had ze als jong meisje nooit zoveel met opera op gehad. Die vervelende Irma had het een paar uur geleden als 'kattengejammer' betiteld en zo had zij er destijds eigenlijk ook over gedacht.

Tot ze merkte dat opa alle tijd voor haar nam toen ze uit beleefdheid een keertje had gezegd dat ze *La bohème* wel leuk vond. Ineens mocht ze mee naar het theater en kreeg ze ijsjes en ander lekkers in de pauze. Van ondergeschoven kind, zoals ze zich eigenlijk altijd voelde, werd ze speciaal.

Nou, daar zat ze graag zo'n opera voor uit!

Er trok een glimlachje over haar gezicht bij de herinnering. Eerst had ze gespééld dat ze ervan genoot, maar langzamerhand was ze de muziek echt gaan waarderen.

Ze draaide haar ogen weer naar het toneel en keek naar de prachtige jurken en het schitterende decor.

Ze moest ophouden om haar stemming zo door Ilona te laten verpesten. Oké, het wás erg wat er met Ilona was gebeurd, maar dat gaf Ilona toch niet het recht om met haar depressieve praatjes het leven van de anderen ook te verwoesten?

Het was een ongeluk geweest, veroorzaakt door jeugdige overmoed en een paar glaasjes te veel. Als de wind iets anders had gestaan, was zijzelf het slachtoffer geweest. En of ze dan iets van Ilona zou hebben gehoord?

Ze moest het hele gedoe echt van zich afzetten, anders ging ze eraan kapot. Ilona was een parasiet die alle energie uit je wegzoog en dan nog riep dat je nooit iets voor haar over had.

Ilona had hulp nodig, dat was duidelijk. Maar die kon zij haar niet geven. Zij was geen psycholoog en ook geen psychiater.

Nee, ze nam verder geen contact meer met Ilona op. Dat kon je misschien hard en egoïstisch noemen, maar zij had ook recht van leven en ze werd echt knettergek van dat beschuldigende gedoe!

Er flitste iets in een hoger gelegen loge aan de overkant van de zaal. De weerspiegeling van een toneelkijker? Zat er iemand het publiek te bestuderen?

Nieuwsgierig pakte ze de toneelkijker, die Vigo's moeder voor haar had neergelegd, en richtte hem op het toneel, waar Violetta trillend van ingehouden emotie over haar offer om Alfredo op te geven aan het zingen was.

Daarna bekeek ze het prachtige koepelvormige plafond en draaide door naar de loges aan de overkant.

In een ervan zaten een knappe blonde man en een wat oudere vrouw met een keurig opgestoken kapsel.

Hè? Dat kon niet. Was dat Camiel? De leuke man uit de trein die haar een boete had bespaard?

Ze zoemde haar kijker nog iets verder in, maar het beeld werd er niet duidelijker van. Hè jammer dat ze het niet goed kon zien. Maar het werd zo meteen pauze, misschien kon ze dan rondkijken of ze hem zag.

Ze trok een gezicht en snoof zachtjes om haar eigen idiote idee. Er pasten negenhonderd mensen in dit theater, die zo dadelijk allemaal een drankje wilden. Dat werd zoeken naar een speld in een hooiberg.

Bovendien moest ze Vigo's moeder op zijn minst op een kop koffie trakteren. Dat was wel zo netjes, nu ze hier op haar kosten op zo'n dure plek zat.

Ze had natuurlijk aangeboden om haar kaartje te vergoeden, maar daar had de vrouw niks van willen horen.

Zucht... Het was best vervelend om iets aan te nemen van iemand die je niet mocht en zo gezellig hadden ze het met z'n tweetjes nou ook weer niet. Vigo's moeder zei alleen het hoognodige en dat ook nog op een bitse toon. Dat kwam misschien door het taalprobleem, maar toch was het hoogst vervelend.

De man die op Camiel leek, had het wél gezellig. Af en toe sloeg hij liefdevol een arm om zijn metgezellin heen en trok haar even dicht tegen zich aan.

Was het zijn moeder? Of zijn oma misschien? Die vrouw was te oud om zijn vriendin te zijn? Toch?

Of viel Camiel op rijpere dames?

Oh help, wat zat ze weer door te draven. Alle kans dat het heel iemand anders was.

Bovendien, wat had ze eigenlijk met hem te maken? Hij was op dat station zomaar weggespurt. Zonder haar zijn adres te geven. Dus zelfs als hij het wél was, schoot ze daar niks mee op. Hij had duidelijk laten blijken dat hij verder geen belangstelling voor haar had.

Ze haalde diep adem en duwde het opnieuw opkomende verdrietige gevoel zo goed mogelijk van zich af.

Ze moest er maar mee leven dat de leuke mannen niet in haar geïnteresseerd waren. Ferdy niet en Vigo niet en Camiel ook niet.

Zij ging als een ouwe vrijster eindigen.

Hè verdraaid, ze had helemaal geen man nodig, hoor. Ze wilde carrière maken, lekker reizen. En ze was hard bezig om haar droom waar te maken. Ze kreeg dat stomme Italiaans heus wel op tijd onder de knie. Verstaan ging immers al best aardig, als ze tenminste langzaam tegen haar praatten en het over alledaagse dingen ging. Wanneer ze nou elke dag maar flink woordjes en rijtjes leerde, kwam het allemaal goed.

De muziek zwol aan tot een luid hoogtepunt en terwijl het applaus losbarstte, zakte het doek langzaam naar beneden.

HOOFDSTUK 4

"We moeten uitstappen," zei Vigo's moeder langzaam. Ze wees naar het bord VADA, dat vaag in het maanlicht zichtbaar was en liep toen zonder op Sanne te wachten naar het voorportaal van de trein.

Sanne kwam voorzichtig overeind. Nou moest ze zo meteen die ellendige trap weer af en die andere weer op, want een lift hadden ze hier niet.

Terwijl de trein schokkend tot stilstand kwam, liep Sanne Vigo's moeder achterna en zette haar voeten voorzichtig naast een felrode papaver op het perron.

Vigo's moeder moest nodig plassen en ze zeilde met heftig klikkende hoge hakken in de richting van de trap.

Sanne ging haar langzaam achterna.

Ze had best wel veel gelopen met die knie. Te veel eigenlijk. En die hoge hakken deden haar ook geen goed.

Maar ja... ze had er mooi uit willen zien. Voor Vigo...

Verdraaid! Als ze geweten had dat ze met La Mama uit moest, had ze haar Nikes wel aangetrokken. En een comfortabele jeans.

Terwijl Vigo's moeder uit beeld verdween en alleen het getik van haar afdalende schoenen op het beton van de trap nog te horen was, vroeg Sanne zich wanhopig af hoe ze ooit beneden kwam. Om over daarna weer naar boven klimmen nog maar te zwijgen.

Als ze nou gewoon de rails eens overstak? Het was amper tien meter naar de overkant. Zoveel treinen reden er op dit uur niet meer en als er eentje aankwam kon je die op kilometers afstand al zien.

Ze keek aarzelend naar de rand van het perron en vandaar gleed haar blik naar het bordje dat commanderend aangaf dat ze niet achter de gele streep mocht komen. Ze dreigden zelfs met cameratoezicht om het verbod kracht bij te zetten.

Sanne keek om zich heen. Er was nergens ook maar een spoortje van een camera te bekennen. Bovendien was het al zo laat, als er wel een toezichthouder was, zat die vast te knikkebollen bij zijn televisieschermpjes.

Ja, ze moest het er maar gewoon op wagen. Ze was met twintig seconden wel aan de overkant.

Ze deed een paar stapjes in de richting van de verboden gele streep en stapte er daarna wat aarzelend overheen. Ze had half en half verwacht dat die ene stap een waar inferno aan licht en herrie zou veroorzaken, maar er gebeurde niks. Ze schoof voorzichtig verder naar de rand van het perron en keek uit over de rails.

Er was in geen velden of wegen een trein te bekennen.

Gauw oversteken dus!

Ze zakte op de rand van het perron neer, maar voor ze haar snode plannen verder kon uitvoeren, schalde er een metalen Italiaanse stem uit de luidspreker, die een ziedende heksenketel aan waarschuwende kreten over haar uitstortte.

Oef, ze hadden haar toch in het snotje! Wegwezen hier!

Terwijl ze haar gezicht zo veel mogelijk met haar arm probeerde te bedekken om niet herkend te worden, schoof ze haastig terug het perron op.

"Mooie boel met jou," zei een donkere mannenstem volkomen onverwacht achter haar. "Dat belooft mij een ijsje en gaat er dan zo snel mogelijk vandoor zodra ze me in de peiling krijgt."

Alsof ze door een horzel gestoken werd, draaide Sanne haar gezicht in de richting van het geluid.

Camiel! Dat was Camiel! Samen met de oudere vrouw die naast hem in de opera had gezeten.

Sanne probeerde zo elegant mogelijk op te staan, maar iedereen die wel eens een strak verband om haar knie heeft gehad, zal begrijpen dat sierlijk overeind komen dan een hele opgave is.

"Lukt het?" vroeg Camiel en hij stak ontspannen zijn hand uit om haar op de been te helpen.

Met een rood hoofd liet ze zich omhoog trekken.

"Het is mijn knie." Ze gebaarde gegeneerd in de richting van de trap en ratelde nerveus verder: "Ik ben daar laatst vanaf gevallen en het gaat allemaal nog niet zo lekker. Dus toen dacht ik eh... Over het spoor is het korter enne..."

Ze hield verschrikt haar mond. Wat stond ze dom te kletsen, zeg! Straks dacht hij nog dat ze altijd zo raar deed!

Maar Camiel knikte begrijpend. "Nou, dan draag ik je wel even."

"Huh?"

"De trap af. Dat is toch het probleem?"

Ze keek hem verbijsterd aan. "Jawel, maar... Ik ben toch veel te zwaar voor je."

Help! Waarom moest ze het nog erger maken? Ze was Irma Evers niet. Die had een dikke kont. Maar zijzelf was prachtig slank. Toch?

Camiel bekeek haar met een ondeugend taxerende blik. "Ik kan in de sportschool makkelijk negentig kilo aan." Hij grinnikte. "Dat haal je net niet."

"Je moet het meisje niet zo plagen, Camiel," zei Camiels metgezellin op gespeeld waarschuwende toon en ze draaide glimlachend haar gezicht naar Sanne toe. "Je hebt een prachtig figuurtje, hoor kind."

Sanne glimlachte terug. De vrouw moest minstens zeventig zijn, maar ze zag er voor haar leeftijd opvallend goed verzorgd uit. Goed gekapt, perfect gekleed en mooi opgemaakt.

"Mag ik je mijn grootmoeder voorstellen?" zei Camiel. "Ze heet Anna en ze is net voor de veertigste keer achtendertig geworden." Hij begon te grinniken. "En pas op dat je nooit oma tegen haar zegt, want dan krabt ze je de ogen uit."

'Oma' gaf Camiel een speelse por in zijn ribben. "Pas op hoor, jongeman! Of ik grijp de plantenspuit."

Camiel trok een raar gezicht, gaf zijn oma een knipoog en wees op Sanne. "Dit is Sanne. Haar achternaam kon ik niet lezen."

Sanne staarde hem verbaasd aan. Huh? Wat bedoelde hij daar nou mee?

Maar voor ze om uitleg kon vragen, stak Camiels grootmoeder haar hand naar Sanne uit. Ze had slanke vingers met keurig gelakte felrode nageltjes. Er glansden twee dunne trouwringen aan haar ringvinger.

Sanne legde haar hand in die van de vrouw. "Leuk met u kennis te maken, mevrouw."

"Zeg maar Anna, hoor. Anders voel ik me zo oud. Camiel vertelde al dat je een poosje in Casa di Campagna bent neergestreken. In Hedy's huis."

Sanne snapte er nu helemaal niks meer van. "Hè? Hoe weet..." begon ze verbaasd.

Camiel lachte hardop. "Het label van je koffer was een open

boek voor me, meisje. Je naam, je adres, je bestemming, alles stond erop."

"Oh..." mompelde Sanne.

"Ik woon ook in Casa di Campagna," verklaarde Camiel opgewekt. "Vandaar dus."

"Maar ik heb je nog nooit gezien."

"Dat kan kloppen. Ik heb een paar dagen bij mijn grootmoeder in Rosignano gelogeerd en nu komt ze een poosje bij mij."

Er flitste een opwindend steekje door Sannes buik. Camiel woonde ook in Casa di Campagna? Wow!

"Zullen we eens verdergaan?" stelde grootmoeder Anna voor, "ik krijg kramp in mijn kuiten van het staan."

"Geen enkel punt," zei Camiel losjes. "Dan draag ik jullie alle twee wel een stukje."

"Ik kan het heel goed zelf, hoor," reageerde grootmoeder Anna en ze stapte energiek in de richting van de trap.

"Ik ook," zei Sanne en ze wilde Camiels oma achterna gaan.

Maar Camiel legde zijn hand op haar arm. "En net wilde je nog over de rails, omdat de trap je te steil was. Kom op."

Zonder op Sannes vage protesten te letten, tilde hij haar van de grond alsof ze een veertje was en droeg haar de betonnen trap af.

Beneden zette hij haar neer en met z'n drieën wandelden ze naar de volgende trap, waar hij haar weer in zijn armen nam om naar boven te gaan.

Sanne voelde zich raar. Dit was al de tweede keer deze week dat ze door een prachtige man werd rondgedragen. Hij rook lekker, kruidig, mannelijk. Totaal anders dan Vigo, maar niet minder prettig.

Zou Camiel al een meisje hebben?

Vast niet. Anders ging hij toch niet met zijn oma uit? Hoewel, misschien wachtte er in Nederland iemand op hem.

Hè, wat kon haar dat nou schelen? Kon ze onderhand niet eens ophouden met dit kleffe gedroom? Het leek wel of haar hele hoofd constant met het onderwerp 'mannen' bezig was, sinds ze voet op Italiaanse bodem had gezet.

Het kwam vast door het klimaat. Romantisch Toscane...

Verdraaid, ze had ontzettende zin om haar hoofd tegen zijn gespierde borst te leggen en haar ogen dicht te doen om zo veel mogelijk van het moment te genieten.

Oké, ophouden nu!

Ze kwamen boven aan de trap en daar zette Camiel haar weer op haar voeten. Hij hijgde lichtjes van de inspanning.

Ze besloot om hem met een stralende glimlach te belonen.

"Heel erg bedankt, het had mij tijden gekost om hier te raken."

Er denderde met veel geweld een trein voorbij, die een kleine wervelwind aan stof met zich meevoerde en Sanne kneep haastig haar ogen dicht om haar contactlenzen tegen het rondwaaiende vuil te beschermen.

"We hadden je als een papje van de rails kunnen vegen," bromde Camiel nuchter, "die doorgaande treinen zijn bij je voor je het in de gaten hebt." Er flitste iets ondeugends in zijn ogen. "De boetes zijn trouwens niet misselijk. Ik ben niet altijd in de buurt om je vrij te pleiten."

"Als jullie nou morgen eens samen uit eten gaan," stelde grootmoeder Anna onverwacht voor. "Dan kun je uren kletsen zonder dat ik het in mijn kuiten krijg."

Uit eten gaan? Met Camiel? Ja, hij had natuurlijk een ijsje van haar te goed, maar... Vigo dan? Kon ze dat wel maken tegen-over Vigo?

Oh help, Vigo zou haar ophalen. Die stond vast op het pleintje wortel te schieten.

Samen met die vervelende Irma...

"Vigo zou me ophalen," zei Sanne. "Hij staat vast al te wach-ten."

"Dus dat etentje kan ik op mijn buik schrijven?" vroeg Camiel. Ze schudde heftig haar hoofd. "Nee, natuurlijk niet. Je hebt best wel een hapje verdiend. Ik kook morgen voor je, oké?"

Of was dat geen goed idee? Dan waren ze wel erg samen...

Hij knikte lachend.

Ze sloeg haar hand voor haar mond. "Dat vergeet ik helemaal. Ik moet morgen werken, dus... het wordt een andere keer."

"Mij best hoor," zei Camiel met een knikje en hij liep voor haar uit door het nauwe gangetje naar het pleintje.

Daar stond Vigo's moeder met de cyperse kat op haar arm. Haar gezicht klaarde op toen ze Camiels oma in beeld kreeg.

Ze zette de kat neer, rende op haar af, omhelsde haar harte-lijk en begon in het Italiaans te ratelen. Daarna draaide ze zich naar Sanne om en hield tegen haar ook een heel verhaal.

Sanne verstond er niks van en ze voelde haar zelfvertrouwen met ieder woord minder worden.

Hoe kreeg ze deze ellende ooit op tijd onder de knie?

"Ze zegt dat Vigo verhinderd is om je op te halen, dus je rijdt maar met ons mee," vertaalde Camiel.

"Oh oké," zei Sanne. Ze gaf Vigo's moeder een hand en be-dankte haar in haar beste Italiaans voor de leuke avond.

Daarna aaide ze de kat en terwijl er een vaag gevoel van teleurstelling in haar omhoogborrelde, liep ze achter Camiel en zijn oma aan naar de auto.

Vigo had geen tijd om haar op te halen. Die was blijkbaar te druk met Irma...

*

Toen Sanne een kwartiertje later de deur van haar appartementje opentrok, sloeg haar een stinkende walm tegemoet.

Ze knipte de lamp aan en knipperde even om haar ogen aan het felle licht te laten wennen.

Lieve help! Wat was dit allemaal? De gang lag vol met konijnenkeutels en stro. In het midden van de troep zat konijn Roger bezadigd aan een sprietje hooi te kauwen.

"Roger!" riep ze vol afschuw. "Wat heb jij nou uitgehaald?"

Terwijl ze het zei, snapte ze dat ze onzin uitkraamde.

Rogers hokje stond buiten tegen de muur van de keuken, aan het begin van de grote afgesloten tuin rond Casa di Campagna.

Ze had Roger vanmiddag zijn korrels, een worteltje en schoon water gegeven en daarna had ze het klosje van zijn hokje weer goed dichtgedraaid. Toch?

Maar zelfs als ze het hok per ongeluk niet goed had afgesloten, dan had het beest nooit zelf in de gang terecht kunnen komen. Want de keukendeur zat dicht.

Nee, de arme Roger had hier niks mee te maken. Hier had iemand er willens en wetens een puinhoop van gemaakt.

Irma?

Zou Irma soms... Ja, ze vond Irma een vervelend type en dat was vast wederzijds, maar om dan zoiets te doen? Zij zou dat zelf niet in haar hoofd halen.

Irma wel?

Was dit een geintje van de bewoners met elkaar? Om haar als nieuwkomer uit te proberen? Niet echt haar idee van humor. Maar ja, sommige mensen vonden dit vast erg grappig.

Of was het toch iemand van buiten het huis? Ze haalde onwillekeurig haar schouders op. Iedereen had het kunnen doen. Want in dit huis deed niemand zijn deur op slot en als je als bezoeker eenmaal wist hoe de klink op de grote poort werkte, kon je zo naar binnen.

Ze zou het maar op een uit de hand gelopen geintje houden dan.

Eerst maar eens opruimen.

Ze zette de buitendeur wijd open om de stank uit huis te krijgen en bracht Roger naar zijn hokje terug. Omdat het hok was leeggehaald, richtte ze de boel weer in met oude kranten en vers stro, en gaf hem een nieuw bakje voer en een flesje schoon water.

Daarna veegde ze de gang aan, haalde een dweil over de tegels en keek tevreden naar het resultaat.

Zo, dat was weer schoon. Wel een vervelend idee trouwens, dat er hier iemand binnen had gelopen.

Of...

Ze moest ineens rillen. Was die iemand er nog steeds?

In een impuls liep ze het hele appartement door om te kijken of verder alles in orde was. Ze trok alle kasten open, keek achter het douchegordijn en ging zelfs op haar buik liggen om te controleren of er niemand onder het bed lag.

Er was niemand. Natuurlijk was er niemand. Wat was dat nou

voor kinderlijk idee om te denken dat iemand voor zijn lol onder een bed ging liggen?

Ze wreef over haar neus en grinnikte om haar eigen onnozele
gedoe. Als kleuter had ze vaak gedroomd dat er een draak onder het bed lag... Nou, die tijd had ze onderhand wel achter zich.
Draken bestonden niet en er lagen geen engerds onder het bed.

En nu kon ze beter gaan slapen, want ze moest morgen fit zijn
voor haar werk. Anders maakte ze er meteen de eerste dag al
een puinhoop van.

Ze grinnikte. Alle kans dat die chaos er sowieso wel ging komen. Ze had totaal geen ervaring met horecawerk. Ja, afwas-
sen, dat kon ze als geen ander. Maar de rest...

Ach, wat maakte het ook uit hoe laat ze naar bed ging? Ze
wilde veel liever nog even naar haar mailtjes kijken. Misschien
was Sjoukje nog online op MSN. Dan kon ze even bijkletsen.

Ze liep naar de kleine studeerkamer, zette daar de computer
aan en logde in bij Yahoo om haar post te gaan bekijken.

Sjoukje was niet online, maar ze had wel een mail gestuurd.

--- *Bericht* ---
Van: "Sjoukje Vermeulen"
Aan: "Sanne ter Horst"
Onderwerp: Al een beetje gewend?

Ha Sanne,
Al een beetje gewend, daar in de zon? Hier regent het pijpen-
stelen, de hele week al. Niks lekker, eerst die extreme hitte en
nu dit nare weer. Kon je eerst amper naar buiten omdat je dan
al die vallende mussen op je hoofd kreeg (LOL), nu heb je een

cursus onder water zwemmen nodig zodra je de voordeur uit-
stapt.
Nou ja, da's Nederland, hè? Echt Hollands weertje.
Had ik al gemaild dat David zijn eerste tandje heeft? Nou, dat
wil hij uitproberen, hoor. Gister hééft hij me gebeten! Ik durf
hem haast niet meer aan te leggen. Misschien wil hij zo wel
vertellen dat hij te groot wordt voor de borstvoeding. Maar
ik vind het altijd van die heerlijke intieme momenten met z'n
tweetjes.
Nou ja, kleintjes worden groot enne... Dan is er straks weer
plaats voor nummer twee.
Nee, ik ben nog niet in verwachting, hoor, maar we zijn er wel
over aan het praten. Ik vind het leuk om de kinderen een beetje
dicht op elkaar te krijgen, dan kunnen ze straks lekker samen
spelen.
Of je er nou eentje in de luiers hebt of twee. Druk is het toch
wel. :-)
Ik hoor Jelle aankomen, ik ben helemaal vergeten om de aard-
appels op te zetten!
Studeer ze met dat Italiaans!
Liefs van Sjoukje.

Sanne las de e-mail glimlachend nog eens over. Die Sjoukje!
Grappig eigenlijk. Eerst waren hun levens bijna hetzelfde verlopen, elke dag naar dezelfde school, contacten met dezelfde
mensen, wonen op dezelfde etage...
Dat was allemaal voorbij. Sjoukjes leven als moeder was totaal
anders dan het hare. Alles draaide om David.
Ze schudde langzaam haar hoofd. En nou wilde Sjoukje zelfs

een tweede kindje... Alsof het niks was om zomaar een heel nieuw mensje op de wereld te zetten. Wat een verantwoordelijkheid was dat!

Maar goed, op dat soort opmerkingen zat Sjoukje vast niet te wachten.

Sanne trok het toetsenbord van de computer naar zich toe en begon te typen.

--- Bericht ---
Van: "Sanne ter Horst"
Aan: "Sjoukje Vermeulen"
Re: Al een beetje gewend?

Hoi Sjoukje,
Wat leuk dat David een tandje heeft! Tenminste, dat bijten is natuurlijk niks. Spannend hoor dat jullie over een tweede baby denken.
Ik ben vanavond naar de opera in Pisa geweest en je raadt nooit wie ik daar in de bus tegenkwam. Ilona dus.
Ze was nog geen spat veranderd. Klagen, klagen en nog eens klagen. In een vlaag van verstandsverbijstering heb ik beloofd haar te bellen voor een afspraak, maar daar heb ik achteraf gezien niet veel zin in. Het klinkt raar, maar ik werd gelijk al weer knettergek van haar. Hoe ze het gedaan krijgt, weet ik niet, maar ik voelde me ineens weer zo ongelofelijk schuldig! Ik was blij dat ik die bus weer uit kon.
Nou ja, bedtijd hier.
Knufje voor David!
Groetjes, Sanne.

Ze las de mail nog eens over en drukte daarna op de knop om haar briefje te verzenden.

Handig hoor, e-mail. Eén druk op de knop en je post werd duizend kilometer verder meteen bezorgd. En er hoefde niet eens een postzegel op.

Ze ging haar handen wassen, trok een stoel bij de tafel en haalde voorzichtig haar contactlenzen uit haar ogen.

Daarna deed ze de lenzen een voor een in het potje, goot dat vol met vloeistof en liep grinnikend naar de slaapkamer.

*

De ontmoeting met Ilona had blijkbaar een diepe indruk op Sannes onderbewustzijn gemaakt, want ze werd de hele nacht geplaagd door boze dromen, waardoor ze constant zwetend en met hartkloppingen wakker werd.

Pas tegen de ochtend viel ze in een diepe slaap. Tot er een zonnestraal door een spleet in de gordijnen precies op haar gezicht viel.

Zon? Zag ze zon in haar kamer? Maar die was toch nooit zo vroeg?

Met samengeknepen ogen staarde ze naar de wekker, maar omdat ze zonder lenzen zelfs de wijzers niet zag, bood dat geen soelaas. Ze kwam stijfjes overeind, viste het ding van haar nachtkastje en hield hem dicht bij haar ogen.

Er was niks te zien op de wekker. De vrolijke rode cijfertjes die altijd zo opgewekt de tijd aangaven, waren verdwenen.

De wekker stond uit.

Ze graaide over het nachtkastje en haar zoekende vingers vonden haar horloge, dat het gelukkig wél deed. Maar ze werd niet echt blij van de informatie die dat opleverde.

Het was halfeen!

Ze werd over precies dertig minuten in de strandtent verwacht! Lieve help, hoe had ze zich zo kunnen verslapen?

Ze schoot uit bed, racete naar de badkamer en friste zich haastig wat op. Douchen zat er niet in vanwege de tape om haar knie.

In de woonkamer deed ze haastig haar lenzen in en kleedde zich aan. Nu nog even snel het konijn voeren en dan moest ze rennen!

Roger zat gelukkig braaf in zijn hokje en hij begon opgewonden heen en weer te hippen toen hij haar zag.

Sanne glimlachte. Het dier was blij om haar te zien. Op deze wereld was er tenminste nog één wezentje blij om haar te zien.

"Hè Sanne, hou eens op zeg," zei ze hardop. "Zit jezelf niet depressief te praten. De zon schijnt en de wereld is prachtig."

"Helemaal mee eens," klonk de stem van Irma onverwacht achter haar. "Ik ga zo lekker met Vigo naar het strand. Werk ze, hè?"

Voor Sanne kon reageren, was Irma alweer verdwenen.

Sanne trok maar eens een wenkbrauw op en besloot om Irma's gedoe te negeren. Ze verzorgde Roger, aaide hem nog even over zijn zachte kopje en deed het hokje zorgvuldig op slot.

In de keuken pakte ze bij wijze van ontbijt een appel van de fruitschaal en draaide na een korte aarzeling de achterdeur op slot. Ze had geen zin om vanavond weer in de troep thuis te komen.

Ze liep de voordeur uit en sloot die ook zorgvuldig achter zich.

In de brandende hitte stak ze de binnenplaats over, liep de poort uit en haastte zich over de zanderige oprit naar de grote weg.

Daar keek ze speurend naar het donkere pijnbomenbos aan de overkant van de weg. Er moest ergens een smal paadje zijn, dat rechtstreeks naar de zee leidde. Als ze dat volgde, kwam ze vanzelf bij strandtent Il Gabbiano. Ze had nog vijf minuten.

Ze kon maar beter een beetje opschieten, omdat...

Hè, was dat een fiets naast dat rare bergje zand? Het was al net als in Nederland hier, iedereen dumpte zijn troep maar waar het hem uitkwam.

Maar daar achter was het paadje. Gauw oversteken dus.

Sanne keek oplettend eerst naar links en daarna naar rechts, want hoewel er op de weg een maximumsnelheid van zeventig gold, werd hij door behoorlijk wat automobilisten als racebaan gebruikt.

Het zag er veilig uit en Sanne ging zo snel mogelijk naar de overkant. De berm was bezaaid met stenen die tussen pollen vergeeld hoog gras en uitgedroogde distels verraderlijk lagen te wachten tot een argeloze voorbijganger met één misstap zijn enkel zou verstuiken. Strak naar de grond kijkend liep Sanne verder alsof ze over eieren moest.

Tot ze bij de neergesmeten fiets kwam, die er gloednieuw uit-zag. Op het frame prijkte een sticker met de woorden *Noleggio di biciclette Camping Baia del Pirata.*

Een huurfiets? Die gooide je...

Er ging een ijskoude rilling over Sannes rug.

Oh nee! Er was helemaal geen bergje zand naast die fiets.

Er lag een mens! Een jonge man met donkerblond kort haar in

een vale groene fietsbroek en een lichtbruin hemdje.

Hij lag zo stil. Hij zou toch niet...

Sanne onderdrukte de neiging om luid gillend weg te rennen. Als die man nog leefde, dan had hij hulp nodig. Hoe eng ze het ook vond.

Bibberend over haar hele lichaam stapte ze over de fiets heen, knielde bij de man neer en bekeek hem met een schichtige blik.

Ze zag nergens bloed en het hemdje ging heel vaag op en neer.

Maar zijn gezicht was intens bleek.

Er flitste een heftige kramp door haar maag.

Dat gezicht...

Ze had alweer een nachtmerrie! Ze lag gewoon nog in bed en ze droomde dat ze Ferdy Heiligers had gevonden. Haar ex-vriend Ferdy, de man die haar ooit beloofd had om haar echtgenoot te worden, lag hier bewusteloos tussen de geknakte distels in een door de zon geblakerd Toscane.

Maar droom of niet. Ferdy had hulp nodig.

Ze beet op haar nagels en dacht na. Ze moest de politie bellen of een ambulance, maar ze wist het nummer niet.

Natuurlijk! Vigo.

Vigo zou haar wel helpen.

Ze viste haar mobiel uit haar zak en zocht in het adresboek naar het enige Italiaanse nummer dat ze in het geheugen had opgeslagen.

Met hevig trillende vingers drukte ze op de beltoets en hield het toestelletje tegen haar oor.

"Prego?" zei een bekende donkere mannenstem.

"Met Sanne. Er is een fietser aangereden. Op de hoofdweg. Wil jij de ambulance bellen?"

"Een fietser aangereden? Waar?"

"Aan het einde van de inrit. Van Casa di..."

"Ik kom eraan." Een korte klik en de verbinding was verbroken.

Sanne keek peinzend naar de bewusteloze man. Hij was wat magerder geworden, haar Ferdy. Behalve zijn buik. Daar kon je duidelijk aan zien dat hij wel van een biertje hield. Maar verder was hij het helemaal. Haar eigen Ferdy. Met diepblauwe kringen en onbekende rimpeltjes onder zijn ogen.

Ze hield van hem. Na al die jaren hield ze nog steeds van hem. Ze streelde met haar hand over zijn hoofd en als vanzelf probeerde ze de donkerblonde lokjes om haar vinger te draaien. Wat had ze dat vaak gedaan. Vroeger, als ze wel eens een nachtje naast hem lag. Dan was ze op haar elleboog omhoog gekomen en had met een intens geluksgevoel gekeken hoe hij sliep. Meestal had hij alleen een hemdje gedragen en dan zag ze de kleine krulhaartjes op zijn gespierde borstkas langzaam op en neer gaan in het ritme van zijn ademhaling. Dan had ze zo vaak met haar vingers door zijn haren gewoeld, tot hij wakker werd en haar in zijn armen nam.

Sannes ogen begonnen te prikken. Op die ene speciale morgen had hij haar gevraagd of ze voortaan altijd zo naast hem wakker wilde worden. *"Ik wil met je trouwen, Sanne. Ik wil voor altijd bij je zijn."*

Ze had zich tegen hem aan genesteld en met een stem vol gelukstranen ja gezegd.

Sanne veegde woest een opwellende traan van haar wang. Het was een heerlijke herinnering, maar tegelijkertijd ook heel pijnlijk. Wat was er terechtgekomen van al hun mooie dromen?

Van hun gezamenlijke plannen voor een stralende toekomst?

Helemaal niks. Het leven had iets anders voor hen in petto gehad.

In een impuls boog ze zich over Ferdy heen en drukte een zacht kusje op zijn wang.

Hij was zo koud. En hij rook zo raar.

Whisky?

Rook hij naar whisky?

Had hij soms een aanval van suikerziekte? Dan konden mensen ook in coma raken en dan leek het net of ze een dranklucht uitwasemden.

"De ambulance komt eraan," zei een hijgende stem achter haar. "Is hij ernstig gewond?"

Sanne kwam overeind om plaats te maken voor Vigo.

"Ik zie nergens bloed," zei ze zacht. "En hij ruikt raar."

Vigo knielde bij Ferdy neer en onderzocht hem met snelle bewegingen. Daarna hield hij zijn neus bij Ferdy's gezicht.

"Whisky," constateerde hij.

"Kan het suikerziekte zijn?"

Vigo duwde voorzichtig Ferdy's ooglid omhoog. "Mogelijk, maar dan ruiken ze meer naar aceton." Hij snoof nog eens. "Volgens mij is hij ladderzat. Alcoholcoma."

"Om één uur 's middags?"

Vigo haalde zijn schouders op. "Tja, dat heb je met alcoholisten."

"Het is mijn ex," bekende Sanne zachtjes. "Hij dronk altijd al veel. Maar geen sterkedrank."

In de verte klonk het aanzwellende geluid van een sirene.

"Je ex? Heb je gister iets aan hem gemerkt? Was hij nerveus of had hij hoofdpijn?"

"Nee, je begrijpt het verkeerd. Ik heb Ferdy in geen jaren meer gezien."

Drie jaar om precies te zijn. Drie jaar, twee weken en een dag.

"Ferdy?" riep ineens een ongeruste vrouwenstem. "Is dat Ferdy?"

Sanne keek verbaasd op. Er stond een prachtige jonge vrouw aan de overkant van de weg. Ze had stralend lang kastanje-bruin haar, een knap gezicht en grote bezorgde blauwe ogen.

Ze droeg een kleurig strandpakje waar haar ranke figuurtje geweldig in uitkwam.

Aan haar hand had ze een jongetje. Een jongetje van een jaar of twee met donkere krulletjes. Ferdy's krullen...

De vrouw tilde het jongetje op, rende met haar kostbare vrachtje de weg over en bleef stokstijf staan bij de stille figuur op de grond.

"Oh Ferdy!" riep ze overstuur en daarna keek ze Sanne radeloos aan. "Is hij... hij is toch niet..."

Sanne schudde haar hoofd. "Nee, hij eh... hij is in coma."

Met gierende banden stopte er een ambulance in de berm en er kwamen twee ziekenbroeders naar buiten. Ze hielden een brancard tussen hen in.

Terwijl Vigo in een zangerig tempo de situatie begon uit te leggen, stapte Sanne met de vrouw opzij om de broeders ruim baan te geven.

"Is dat je kindje?" vroeg Sanne.

De vrouw knikte. "Ja, dat is Basje. We zouden naar het strand gaan. Ferdy was gaan fietsen en ik dacht... Oh, als dit maar goed komt!"

"Tuurlijk," zei Sanne troostend. "Natuurlijk komt het goed met hem."

Ze slikte heftig en verzamelde al haar moed. Ze moest het weten. Ze moest het gewoon weten.

"Ik ben trouwens Sanne. Sanne ter Horst. Ik eh... ik ken Ferdy nog van vroeger." Wat kon ze anders zeggen?

Hij is mijn ex en ik hou nog steeds van hem.

Haar naam zei de vrouw niks, dat was wel duidelijk. De vrouw haalde nerveus haar vrije hand door haar lange haren en antwoordde met haar ogen stijf op Ferdy gericht. "Ik ben Irene. Irene Heiligers."

Sanne kneep haar lippen zo stijf op elkaar dat ze haar eigen bloed kon proeven. Irene Heiligers. Ferdy's vrouw!

Ferdy was met een ander getrouwd. En hij had ook nog een prachtig kindje. Een kerngezond mooi kindje.

De broeders schoven een infuusnaald in Ferdy's ader en terwijl Vigo de infuuszak omhoog hield, droegen ze Ferdy de ziekenauto in.

Met Basje stevig in haar armen geklemd, liep Irene naar de wagen toe en stapte na een korte discussie ook in.

Ook Sanne haastte zich naar de ziekenauto, maar ze was zich schrijnend bewust van het feit dat er voor haar geen plaats was. "Zal ik voor Basje zorgen?" vroeg ze. "Dat is niks voor zo'n kleintje in zo'n ziekenhuis."

"Nee hoor, hij gaat mee. Bedankt." Het klonk kortaf. Maar het zou wel niet onaardig bedoeld zijn, Irene was flink in de stress. Tja, misschien was het ook wel een domme vraag geweest. Welke moeder gaf haar kindje nou aan een wildvreemde mee?

De deur sloeg dicht en de ambulance schoot met gillende sirene de hoofdweg op.

Sanne keek de wegspurtende wagen na. Ze merkte niet eens dat de tranen over haar gezicht dropen.

Ferdy was weg. Ze had hem voor de tweede keer verloren. En dit keer voorgoed. Hij had een vrouw en een kindje.

"Het komt wel goed met hem," zei Vigo zacht en hij sloeg troostend zijn arm om Sannes schouder.

Sanne slikte moeilijk en veegde woest over haar ogen. Ze ging niet huilen nu. Dan zou Vigo denken dat ze zo'n hysterisch vrouwtje was. Er was trouwens ook niks te janken. Ze was Ferdy jaren geleden al kwijt geraakt. Hij wist niet eens dat ze hem had gezien.

Ze stapte kordaat bij Vigo weg. "Het gaat alweer, dank je wel. Waar ch... waar..."

Nee, ze mocht niet vragen waar ze Ferdy heen gingen brengen. Ze moest Ferdy vergeten.

Maar Vigo had haar onuitgesproken vraag al begrepen.

"Het ziekenhuis in Cecina," antwoordde hij langzaam. "Ik zal ze straks wel bellen hoe het met hem gaat."

Hij stapte naar de fiets en tilde die van de grond.

"Kan je dat wel doen?" vroeg Sanne. "Moet die niet blijven liggen voor de politie of zo?"

"Nee, er is niemand aangereden. Hij is gewoon van zijn fiets gevallen." Vigo trok een wenkbrauw op. "Gelukkig aan de goeie kant. Anders had het nog wel eens anders af kunnen lopen."

"Vigo, daar ben je eindelijk!" hoorde ze ineens Irma roepen. "Ik loop je overal te zoeken, weet je dat?"

Irma rende de weg over en kwam hijgend bij ze staan. Ze

keek Vigo stralend aan en wierp toen een vernietigende blik op Sanne. "Moest jij niet werken om één uur?" bitste ze in het Nederlands.

Sanne keek verschrikt op haar horloge. Kwart voor twee.

Haar nieuwe baas zou niet weten waar ze bleef!

"Je werk?" vroeg Vigo.

Ze knikte.

"Ga eerst maar eens een bak sterke espresso drinken," raadde Vigo haar aan. "Je ziet behoorlijk wit."

"Ik voel me prima," reageerde Sanne en ze wees op het paadje. "Ik moet daar langs, hè? En dan kom ik er vanzelf. Toch?"

"Ja, ik bel je baas wel even. Hij moet je eerst maar koffie geven. Doktersvoorschrift."

Sanne haalde diep adem. "Dank je wel. Fijne middag samen."

Terwijl ze het bospad inliep, hoorde ze Irma nog tegen Vigo kirren: "Is er wat gebeurd dan? Ik hoorde wel een ambulance, maar die komen hier de hele dag langsgesjeest."

HOOFDSTUK 5

In het schaduwrijke pijnbomenbos rook het heerlijk naar den-nennaalden en Sanne ademde de lekkere geur met diepe teugen in. Het hielp om haar nog steeds heftig kloppende hart weer een beetje tot bedaren te brengen.

Met iedere stap die ze zette werd de pijnbomengeur minder en terwijl ze het smalle woud achter zich liet, stapte ze een sprookjesachtig duinlandschap binnen, waar een zilte zeewind haar neusgaten prikkelde. Zanderige heuveltjes begroeid met hoog opgeschoten gelig helmgras, minuscule bloemetjes, en af en toe een struik. Kevers tjirpten, er floten vogeltjes en voor haar voeten zochten zandhagedisjes ritselend een veilig heenkomen. Af en toe klonk het indringende gekrijs van een zeemeeuw.

Sanne had heel even het vreemde gevoel dat ze helemaal alleen op de wereld was. Toen liep het pad omhoog en op het topje van het duin kon ze het strand zien liggen met daarachter de Middellandse Zee. Kleine witte schuimkopjes glinsterden op intens blauw golvend water. In een door rood-wit geblokte boeien afgebakend gedeelte van de zee zwommen mensen. In de kabbelende branding zaten kinderen met schepjes en emmertjes te spelen, terwijl hun moeders een eindje verderop lagen te zonnen.

Midden op het strand stond een hoge badmeesterspost, waar een door de zon gebruinde spetter een oogje op alle drukte hield.

Voor haar voeten begon een pad van bruine houten vlonders dat rechtstreeks naar een met kleurige parasols bezaaid terrasje leidde. Uit het houten gebouwtje achter het terras kwam een goedgebouwde man naar buiten gerend. Er balanceerde een volgeladen dienblad op zijn gespierde arm.

Sanne liet het beeld heel even op zich inwerken. In de komende weken zou het haar taak zijn om al die luierende mensen van een hapje en een drankje te voorzien.

Ze glimlachte. Aan de drukte te zien, zou er niet veel tijd overblijven om zelf eens op zo'n zalige ligbed onder een parasol te relaxen.

Dat was maar goed ook, want ze kon dat ellendige Italiaans alleen door flink te oefenen goed onder de knie krijgen.

De gespierde man draafde de strandtent weer in en maakte plaats voor een andere hunk, die al even energiek met een stapel pizzaborden liep te balanceren.

In Toscane was er aan knappe mannen geen gebrek. Ze had Ferdy helemaal niet nodig.

"Gaat het Sanne?" vroeg een stem achter haar.

Ze schrok ervan en draaide zich met een ruk om.

Het was Vigo die achter haar stond. Vigo met Irma.

Verdraaid, had zij zo langzaam gelopen? Of was er nog ergens een kortere weg?

"We willen stoel 24 en 25." Irma wees vluchtig naar het overvolle strand. "Dan twee Cuba libre met veel ijs in een hoog glas en drie tosti's kaas ananas op aparte borden."

Irma sloeg haar handdoek elegant over haar schouder en liep heupwiegend langs Sanne heen.

"Heeft ze tosti's bij je besteld?" vroeg Vigo.

Sanne knikte. "Ja, en cola met rum."

"Neem nou eerst maar een bakje koffie," zei hij met een glimlach. Daarna wees hij naar het strand, waar Irma zo te zien aan de gespierde hunk stond uit te leggen hoe je een parasol moest openklappen. "Dat is Ricardo, de eigenaar. Ik zal je wel even aan hem voorstellen."

Vigo liep met Sanne mee naar de strandtent, wenkte Ricardo en wees op Sanne. "Dit is Sanne."

Met een indringende blik in zijn ogen drukte Ricardo Sannes uitgestoken hand. "Ik hou meer van vrouwen met lang haar," zei hij op een spijtig toontje.

Vigo vertaalde Ricardo's uitspraak voor Sanne en antwoordde daarna: "Wat maakt dat nou uit? Ze gebruikt haar handen om te serveren en niet haar haren."

Al pratend wees Vigo op een stoel. "Ze gaat daar eerst even zitten en dan maak je een flinke sterke espresso voor haar. Doktersvoorschrift."

Ricardo knikte met een zuur gezicht. Terwijl hij wegliep om het gevraagde te gaan halen, hoorde Sanne hem mompelen: "Dat komt maar te laat en moet dan ook nog koffie."

Het was maar al te duidelijk dat hij niet veel vertrouwen in de nieuwe medewerkster had.

"Hij bedoelt het niet zo kwaad, hoor," troostte Vigo. "Red je het zo? Dan ga ik een uurtje studeren."

"Moet ik dan zo tosti's brengen?" vroeg Sanne wat benepen.

"Welnee, ik wil wedden dat Irma die allang bij Ricardo besteld heeft."

Vigo liep weg en Sanne zakte op het aangewezen bankje neer. Ricardo zette met een klap een vol kopje voor haar op de tafel en de koffie golfde met stralen over het schoteltje.

Daarna begon hij een heel verhaal waar Sanne niks van begreep.

Ricardo sprak uitsluitend Italiaans en dat had haar eerst zo geweldig praktisch geleken, maar eigenlijk was het absoluut geen doen. Ze zuchtte diep. Als ze er niks van verstond, leerde ze er immers ook niks bij.

"No capisco. Kun je misschien wat langzamer praten?"

Maar Ricardo luisterde niet en ratelde onverdroten door.

Sanne haalde haar schouders op en nam een slok koffie. Het was een leuk idee geweest om zo wat bij te verdienen, maar dit werd helemaal niks, dat was wel duidelijk.

"Ik versta er echt niks van," herhaalde ze. "Ik ga wel weer naar huis."

Ze zag Ricardo schrikken. "Maar ik heb hulp nodig. Het is druk," barstte hij uit.

"Zeg maar wat ik moet doen. Maar langzaam. Ik probeer Italiaans te leren."

Ricardo keek haar aan alsof hij water zag branden. "Italiaans leren?" vroeg hij ontzet. "Daar heeft Hedy me niks over verteld."

Sanne lachte verontschuldigend. "Dat spijt me, dat kan ik ook niet helpen."

Ricardo draaide zich met een ruk om en liep naar buiten het terras op.

Een beetje in de war dronk Sanne haar kopje leeg. Waarom liep Ricardo weg? Was dat zijn manier om aan te geven dat hij het wel gehad had met haar?

Met energieke stappen kwam er plotseling een man in een zwembroek op haar af. Daaroverheen droeg hij een wit T-shirt, waar in felrode letters *Baywatch* op stond.

Ricardo had de badmeester te hulp geroepen.

"Spreek je Engels?" vroeg de hunk.

"Ja, tuurlijk."

"Dan zal ik je wel even uitleggen hoe het hier allemaal werkt."

Zonder op haar antwoord te wachten, liep hij naar de koffiemachine en begon met geroutineerde gebaren te demonstreren hoe het ding werkte.

Terwijl Sanne haar eerste cappuccino stond te verprutsen, hoorde ze onverwacht de stem van Irma snauwen: "Ik wacht al uren op mijn tosti, juffrouw! Wat is dit voor een ballentent?"

"Ik dacht dat..." prevelde Sanne, maar Irma negeerde haar totaal en begon in rap Italiaans bij Ricardo haar beklag over de dienstverlening te doen.

Ricardo wierp zijn nieuwe medewerkster een boze blik toe en liet die vergezeld gaan van een heel palaver, waar Sanne gelukkig niks van verstond.

Maar Irma stond er zo gemeen bij te lachen, dat Sanne maar al te goed begreep dat het uitsluitend ontevreden opmerkingen konden zijn. Ze onderdrukte de sterke neiging om de mislukte koffie over Irma heen te kieperen, goot de vloeistof in het afvoerputje, greep een afwaskwast en ging verwoed op het kopje staan boenen.

"De tosti's voor stoel 25," snauwde Ricardo een tijdje later. Al pratend kwakte hij drie borden op de bar. "Tempo!"

"Jawel baas," mompelde Sanne. Ze droogde haar handen af, pakte de borden en laveerde er voorzichtig mee naar buiten.

En dan te bedenken dat Hedy haar in dat mailtje voor Ricardo had gewaarschuwd. Een rokkenjager had ze hem genoemd. Hoe kwam ze bij de onzin? Hij was knap, oké. Maar verder was hij echt de meest sacherijnige bullebak die ze ooit was tegengekomen!

Ze kwam met haar vrachtje bij stoel 25 en zette de borden voorzichtig bij Irma neer. "Uw tosti, *gentile signora.*"

"Nou, dat werd tijd zeg," bitste Irma, maar Sanne deed net of ze dat niet hoorde.

"Eet smakelijk," zei ze met een stralend lachje en daarna flapte ze eruit: "Ik heb er niet op gespuugd, dus het is vast erg lekker."

Irma schoot overeind alsof ze op een schorpioen lag. "Gespuugd?" riep ze verontwaardigd. "Hoe haal je het in je hoofd om dat soort praatjes te verkopen? Ik ga..."

"Ja hoor, ga gerust je beklag doen bij mijn baas," onderbrak Sanne haar met een vrolijke glimlach. "Hij was toch al van plan om me de zak te geven, dus veel erger kun je het niet meer maken."

Ze wilde weglopen, maar plotseling voelde ze een hand op haar arm. "Heb je even?" vroeg Vigo.

Ze bleef staan en keek hem aan. "Tuurlijk. Wat mag het zijn?"

"Ik wil niks bestellen." Hij tikte op zijn mobieltje. "Ik heb net contact gehad met het ziekenhuis in Cecina en ze vertelden dat het weer veel beter gaat met die bewusteloze fietser van daarstraks."

Sanne haalde opgelucht adem. Het ging weer beter met Ferdy. Niet dat het haar nog veel aanging, maar het was fijn voor zijn vrouw en dat schattige jongetje.

Er krampte iets in haar maag, maar ze duwde het ellendige gevoel van verdriet meteen weer weg.

"Het was inderdaad een alcoholcoma," praatte Vigo door. "Ze laten hem daar een paar dagen afkicken en dan mag hij weer naar huis. Nou ja, naar de camping dan."

Sanne knikte. "Dat is fijn om te horen. Ik was er best van geschrokken."

Vanuit haar ooghoeken zag ze Ricardo ongeduldig naar haar wenken. Zijn gezicht stond op onweer.

"Ik moet weer verder, Vigo. Bedankt hè."

Terwijl ze wegdraafde, hoorde ze Irma nog schamper zeggen dat sommige mensen rasechte aanstelsters waren en ze kreeg ontzettende zin om terug te lopen om Irma eens goed de waarheid te zeggen.

Maar ja, Irma was hier de klant en zij alleen de serveerster. Ontzettend balen! Want het was ook wel duidelijk dat Il Gabbiano Irma's favoriete strandtent was. Als ze niet voortijdig ontslagen werd, kon ze de komende weken haar lol nog op met dat vervelende tutje.

Dat werd puur genieten. Maar niet heus.

*

--- Bericht ---
Van: "Sjoukje Vermeulen"
Aan: "Sanne ter Horst"
Onderwerp: Ilona

Hoi Sanne,
Ik ben best een beetje geschrokken van je berichtje over Ferdy. Dat die arme jongen zo vreselijk aan de drank is dat hij van zijn fiets valt. Poeh, dat is niet mis. Akelig voor zijn vrouw, hoor. En voor dat arme kindje van ze. Gelukkig maar dat hij

na een paar dagen alweer naar zijn camping terug mocht gaan.

Maar ik kan me goed voorstellen dat je verder geen contact meer met hem gaat zoeken, nu hij getrouwd blijkt te zijn.

Hé, jij kwam Ilona een poosje geleden toch tegen in Pisa? Weet je wat zo toevallig is?

Ik vertelde Jelle gister over die ontmoeting. (Ik was het namelijk even vergeten, maar ineens schoot het me weer te binnen.) Nou, toen kwam Jelle met het verhaal dat hij Ilona pasgeleden ook heeft gezien. Een tijdje terug stond ze ineens voor de poort van zijn werk een beetje duf uit haar ogen te kijken. Jelle dacht dat ze op iemand wachtte en hij had natuurlijk niet veel zin in haar. Dus liep hij gauw naar zijn auto, maar ze kwam hem achterna en toen moest hij voor fatsoen wel een praatje met haar maken.

Ja, Ilona kán je een schuldgevoel bezorgen. Daar klaagde Jelle ook al over. Binnen de kortste keren stond hij alweer te roepen dat het hem allemaal zo speet. Ja, wat moest hij, hè?

Zij keek hem toen heel giftig aan en vertelde dat haar tijd gekomen was. Ze wou niet zeggen wat ze daarmee bedoelde.

Jelle was nog bang dat ze zichzelf misschien iets aan wilde doen, maar ze heeft hem uitgelachen en is daarna zomaar weggehold.

Raar hè? Jelle had het expres niet aan mij verteld om mij niet overstuur te maken, maar toen ik zelf over haar begon...

Nou ja, volgens mij heeft ze een flinke klap van de molen gehad. Zo lijkt het tenminste wel.

Je schreef trouwens dat je alweer een nachtmerrie hebt gehad, maar je moet echt proberen om dat hele gedoe van je af

te zetten, hoor. Heus! Het was écht alleen maar een ongeluk.
Niemand heeft dat kunnen voorzien. Niemand heeft er schuld
aan. Absoluut niemand.
Oh! David wil zijn fruithapje.
Geniet van de zon en studeer ze!
Liefs van Sjoukje.

*

Op maandag had Sanne een middagje vrij. Omdat haar knie
haar inmiddels weinig last meer bezorgde, besloot ze om met
de trein naar Pisa te reizen en de beroemde scheve toren eens
van dichtbij te bekijken. Met een beetje geluk kon ze misschien
naar boven klimmen. Als ze kalm aan deed, leverde dat hope-
lijk geen nieuwe knieproblemen op.
Op het station van Pisa liet ze zich bij de krantenkiosk uitvoerig informeren over de busroute en kocht meteen een kaartje.
Ze nam de bus naar het Campo dei Miracoli en stapte een
kwartiertje later uit bij een enorme middeleeuwse poort.
Het was er een drukte van belang. Souvenirstalletjes, kraam-
pjes met vers fruit, karretjes waar blikjes frisdrank en popcorn
werden verkocht en massa's verkopers die op hun vale kleedjes
dure nephorloges, kinderspeelgoed en nagemaakte merkshirts
aan de man probeerden te brengen.
Terwijl ze naar de ingang van de enorme poort liep, voelde ze
zich super. Haar kennis van het Italiaans ging met sprongen
vooruit en eenvoudige gesprekjes gingen haar steeds vlotter af.
Dat kwam door het werk in de strandtent en het feit dat ze elke
dag vlijtig woordjes en zinnetjes zat te leren.

Ze liep met de mensenmassa mee naar het 'Plein van de wonderen' en bleef stokstijf staan om het schitterende beeld in zich op te nemen. Links het prachtige ronde Baptisterium met daarachter de al even witte domkerk naast haar beroemde ronde toren, die Sanne sterk aan een hoge, stralend witte bruidstaart deed denken. De toren bestond uit een mooi versierd rond plateau als basis met daar bovenop zes identieke verdiepingen, die prachtig gedecoreerd waren met zuiltjes en bogen. Als topping prijkte er een klein rond hapje-voor-het-bruidspaar bovenop.

Sanne glimlachte. Je zou een stel reuzen nodig hebben om deze taart aan te snijden.

En scheef dat hij was!

Ze had dit torentje op plaatjes natuurlijk vaak genoeg gezien, maar in het echt zag hij eruit alsof hij elk moment naar het fatale punt kon overhellen en omkieperen.

Op het gras stonden toeristen in de meest vreemde houdingen net te doen alsof ze de toren voor die fatale val wilden behoeden. De hele poppenkast was natuurlijk vooral bedoeld om het thuisfront straks op het jaarlijkse dia-avondje-bij-de-buren te kunnen imponeren met de geweldige vakantiefoto's.

Op gezette tijden renden er bewakers langs, die vruchteloos probeerden om de poserende bezoekers en de verkopers van dure nepzonnebrillen van het gras te sturen.

Ze werden in hun taak ook nog ernstig gehinderd door gidsen die zonder enige gêne hele hordes toeristen over het gazon dirigeerden, terwijl ze luidkeels in twintig talen de geschiedenis van de gebouwen de revue lieten passeren.

Langs de rand van het plein was een eindeloze rij van souvenirkraampjes, die de meest waanzinnige 'scheve' herinneringen verkochten. Van mokken en glazen in de vorm van de toren, ansichtkaarten, scheve zout- en peperstelletjes, T-shirts en schilderijtjes tot waaiers, damestasjes en wandelstokken.

Een groepje Amerikaanse toeristes stond luid giechelend naar een fraaie serie koelkastmagneetjes te wijzen, die een piemelnaakte David van de beroemde Michelangelo voorstelden.

Sanne volgde de mensen naar een rijtje kaartjesloketten die in de hal van een bijgebouw waren neergezet en daar wist ze na een kwartier in de rij staan een biljet te bemachtigen om de toren te beklimmen.

Ze liep meteen door naar het hek bij de ingang van de toren, waar twee bewakers in donkerblauwe uniformen-met-pet de toegang bezet hielden. Het was er opvallend rustig.

Sanne kuchte nadrukkelijk, maar de bewakers, een man en een vrouw, schonken daar geen aandacht aan. Ze stonden met hun rug naar Sanne toe gezellig te kletsen.

"Prego," zei Sanne.

De bewakers draaiden zich naar haar om en keken verbaasd naar het kaartje dat Sanne uitstak.

De vrouw pakte het kaartje aan en bestudeerde dat met samengeknepen ogen.

Daarna gaf ze het terug en tikte verveeld op haar horloge. "Halfvier," zei ze op commanderende toon.

"Wat zegt u?" vroeg Sanne verschrikt.

De Cerberus ging iets vriendelijker kijken. Ze griste het kaartje weer uit Sannes hand en tikte op de rand. "U mag om halfvier naar boven."

Al pratend duwde ze het biljet zo ongeveer tegen Sannes ogen aan en vervolgde. "Kijk, hier staat uw tijd."

Sanne bekeek het kaartje. Ja, daar stond met koeien van letters een toegangstijd in het hoekje. Zij weer hoor. Waarom lette ze niet eens een keertje wat beter op?

"Dat heb ik helemaal niet gezien. Sorry."

De bewakers haalden hun schouders op en gingen verder met hun praatje.

Sanne keek om zich heen. Ze kon wat gaan rondlopen om de rest van de gebouwen te bekijken en misschien was er wel ergens een terrasje met betaalbare koffie te vinden.

Huh? Liep daar een slanke vrouw met kastanjebruine haren en een kleurig sjaaltje om haar nek?

Verdraaid, dat was Ilona!

Oh help, ze moest maken dat ze wegkwam, anders kreeg ze geheid weer een ellenlange klaagzang en een berg verwijten over zich heen. Ze had vorige week immers beloofd om Ilona te bellen, maar ja... dat was er nog even niet van gekomen.

Hè, wat vervelend nou weer. Het was echt te hopen dat Ilona haar nog niet in de peiling had.

Sanne schoof diplomatiek achter een volslanke Duitse toeriste en vanuit die positie zag ze Ilona in de richting van de kerk wandelen. Mooi, dan ging zij gauw de andere kant op.

Ze liep haastig naar een zijstraatje waar wat terrasjes waren, maar toen ze een vrij stoeltje had gevonden, schoot ze toch weer overeind. Stel je voor dat Ilona straks ook zin in een drankje kreeg, dan zat ze hier behoorlijk te kijk.

Ze had totaal geen zin meer in Ilona. Het was misschien erg onaardig van haar, maar ze had het echt helemaal gehad met al die jeremiades!

Ze liep het restaurantje in en zocht een plekje aan de bar, waar ze een oogje op de ingang kon houden. Dan draafde ze gewoon naar de wc als Ilona binnenkwam.

Terwijl ze langzaam van een goed gezette cappuccino genoot, vroeg ze zich af of ze niet beter toch nog eens met Ilona kon gaan praten. Ze kon moeilijk de rest van haar leven op de vlucht slaan als ze Ilona in beeld kreeg.

Maar aan de andere kant, ze had al zo vaak geprobeerd om de dingen echt goed uit te praten en wel duizend keer gezegd hoe erg het haar speet. Het had geen snars geholpen, omdat Ilona altijd haar eigen gedachten volgde en niet luisterde naar wat een ander te zeggen had.

Nee, bij nader inzien zag ze niet veel in een gesprek. Ilona moest onderhand eens ophouden met proberen de levens van anderen te verpesten, alleen maar omdat zij er zelf zo beroerd aan toe was.

Kom, de wereld was zo groot, het zou wel erg toevallig zijn als ze Ilona heel vaak tegen zou komen. Maar als ze straks de toren ging beklimmen, zou ze toch even opletten. Je wist maar nooit.

*

Een uurtje later liep Sanne met een grote groep mensen mee naar de ingang van de toren, die zo'n twee meter onder het straatniveau lag. Er was nergens een spoor van Ilona te bekennen, dus liet ze haar kaartje knippen en ging tussen twee enorme dikke zuilen door het torentje in.

Ze kwam in een minuscuul schemerig halletje waar aan de linkerkant een smalle trap met uitgesleten treden zichtbaar was.

Vol goede moed begon ze aan de klim naar boven, maar na zo'n veertig treden zakte haar kwieke tempo steeds verder af.

Haar knie begon heel langzaam te protesteren tegen de behandeling, maar van even rusten was geen sprake. De trap was heel smal en ze werd met de andere mensen gewoon mee omhoog gestuwd. Rond en rond en rond.

Gelukkig begon het de meeste klimmers ook wat te veel te worden en het gezamenlijke tempo werd steeds trager.

Eindelijk bereikten ze een deur waar een bewaker stond, die uitnodigend naar buiten wees.

Sanne stapte over de hoge drempel en kwam op een open zuilengalerij die helemaal rond de toren liep. Het was er zo smal dat je je buik stevig moest inhouden om iemand te laten passeren. De galerij werd van de diepte daaronder afgeschermd door een ijzeren hek.

Sanne pakte het hek stevig beet, keek naar beneden en trok haar hoofd razendsnel weer terug. Verdraaid! Daar had je Ilona weer. Zo te zien stond die met de volgende groep te wachten om naar boven te gaan.

Oef! Dat werd opletten geblazen.

Ze liep met de mensen mee naar de andere kant van de toren en daar kon ze gelukkig Ilona-vrij van het schitterende uitzicht genieten.

Ergens klapte een deur en een bewaker riep luidkeels dat ze verder omhoog moesten gaan.

In ganzenmars ging het hele gezelschap terug naar de trap, waar het gestage ritme van 'rond en omhoog' haar weer pijn in haar knie bezorgde. Uiteindelijk kwamen ze buiten adem op het bovenste stukje van de bruidstaart, dat een klokkentoren bleek te zijn.

Ze liep er even rond om de klokken te bekijken en ging toen via een ijzeren trapje naar het allerhoogste randje van de toren.

Het was een ontzettend smal en glimmend glad randje, dat zo ontzettend scheef liep dat Sanne bij elke stap bang was om zo onder het hek door van de toren te glijden.

Ze greep zich stevig vast aan een metalen leuning van het hek en schuifelde met krampachtige stapjes verder.

Grappig eigenlijk, ze was niet de enige die zich zo fanatiek liep vast te houden. Iedereen had behoorlijk last van het ik glij er zo af-gevoel.

Een eindje voor haar, op het meest scheve punt van de toren, ging een jonge man op zijn knieën zitten, stak zijn hoofd door het hekwerk heen en terwijl hij gebiologeerd naar beneden keek, schoof hij steeds verder naar voren.

Help, wat was die van plan? Straks gleed hij er zo af!

Zo snel als ze durfde, schuifelde ze naar de man toe en tikte hem op zijn schouder.

"U moet opstaan," zei ze in het Italiaans. "Dit is gevaarlijk!"

Vanaf het plateau van de klokkentoren klonk de waarschuwende kreet van een bewaker, die het komende drama ook al aan zag komen.

De man trok zijn hoofd schielijk terug uit het hekwerk en draaide zijn verwilderde gezicht naar Sanne toe.

Sannes mond viel open van schrik.

Ferdy. Het was Ferdy!

Maar wat zag hij eruit...

Hij was ongeschoren en had donkere kringen onder zijn doffe ogen.

"Ferdy," fluisterde ze ontzet. "Waar ben jij mee bezig? Ga onmiddellijk staan!"

Ferdy leek niet verbaasd om haar te zien.

"Je hebt gelijk," zei hij en hij krabbelde stijfjes overeind. "Ik kan er beter overheen klimmen. Anders blijf ik nog steken."

"Eroverheen... ben jij nou gek geworden of zo? Waarom zou je dat doen?"

Het was geen sterke reactie, maar Sanne wist niks beters te bedenken.

Ferdy wees met trillende handen naar omlaag. "Zij! Ze stalkt me. Met die ellendige verminkte vingers en die walgelijke rode littekens! Ze verpest mijn leven."

Sanne keek voorzichtig over de leuning. Op het grasveldje beneden stond Ilona door een toneelkijker omhoog te loeren.

Ferdy sloeg zijn been resoluut over de rand. "Ik kan er niet meer tegen. Die ellendige heks maakt me gek!"

Sanne greep Ferdy beet. "Doe nou maar niet. Je komt vast op het plateau hieronder terecht en je breekt al je botten."

Ferdy rukte zich los met een ongekende kracht. "Laat me met rust!"

Sanne voelde zich helemaal bibberig worden. Ferdy wilde echt naar beneden springen. Ze moest hem tegenhouden. Ze moest!

"Je breekt zeker weten je benen en dan komt Ilona elke dag op ziekenbezoek," flapte ze eruit.

Ferdy keek Sanne paniekerig aan en er flitste pure wanhoop in zijn ogen. "Ziekenbezoek?" stamelde hij verward. "Nee, dat mag niet!"

"Dan moet je..." begon Sanne, maar ze werd onderbroken door een commanderende stem: "Wilt u meekomen, meneer?"

Het was de bewaker, die hen eindelijk had bereikt. Hij keek zo streng dat Sanne er bang van werd. Straks sloegen ze Ferdy direct in de boeien, als zij hem niet in bescherming nam.

"Mijn man heeft erge last van hoogtevrees," zei ze in het Engels. "Hij is in paniek. Het zou fijn zijn als u hem naar beneden kunt helpen. Hij is te sterk voor mij."

De bewaker keek haar niet-begrijpend aan en Sanne probeerde het in het Italiaans. Alleen wist ze niet wat hoogtevrees was, maar na wat heen-en-weer gepraat ging er bij de bewaker een lichtje op.

"Oké," zei hij en pakte Ferdy's arm in een stevige greep.

Ferdy protesteerde niet. Hij begreep blijkbaar dat er een kille cel op hem wachtte als hij nu te veel stennis maakte.

Sanne schudde medelijdend haar hoofd. Misschien was hij zelfs wel bang dat Ilona hem in het gevang op zou zoeken.

Lieve help, Ferdy had het wel erg zitten met Ilona. Zou ze hem echt stalken?

Ach welnee, waarom zou Ilona dat doen? Het was helemaal niet raar dat ze hier was. Iedereen die in de buurt van Pisa op vakantie was, wilde het beroemde torentje niet missen. Toch?

Het was alleen maar logisch dat je elkaar dan tegen het lijf liep.

Er kwam beweging in Ferdy en hij ging met aarzelende stijve stapjes met de bewaker mee. Sanne schuifelde voorzichtig achter ze aan.

Het minste wat zij kon doen, was Ferdy weer heel bij zijn vrouw en kindje afleveren.

Zijn vrouw...

Die arme stakker had vast heel wat te stellen met Ferdy. Als je man de ene week beneveld door drank van zijn fiets viel en

dan amper een paar dagen later van een toren wilde springen...
Nee, die vrouw was niet bepaald te benijden.

Er flitste even het beeld van een gelukkig bruidspaar door haar geest. Stralend lachend op de foto, helemaal onbewust van alle ellende die nog voor ze in het verschiet lag. Zielig eigenlijk.

Ze kwamen terug in de klokkentoren en de bewaker dirigeerde Ferdy naar de trap, waar ze aan de tocht naar beneden begonnen.

De afdaling bleek veel moeilijker dan de klim omhoog. Toen was Sanne met haar blik op oneindig in een soort cadans omhoog gesjokt, maar dat lukte nu niet. Het was ontzettend schemerig en er zaten overal kuilen en rare randjes in de marmeren treden, die door de schuine helling van de toren na iedere bocht weer in een andere stand kwamen. Als je je voet maar even verkeerd zette, dook je zo in vrije val naar voren.

Sanne slaakte dan ook een zucht van verlichting toen ze eindelijk beneden in het halletje kwamen.

Ze bedankte de bewaker uitvoerig en duwde hem een eurobiljet in handen. De man produceerde een lachje en draafde met drie treden tegelijk de trap weer op.

Sanne keek hem even verbaasd na. Wat had die man een tempo, zeg. Maar hij kende die rottige trap vast door en door.

Ze draaide haar gezicht naar Ferdy. "Kom, we gaan een kop koffie drinken. Daar ben je vast aan toe."

Ferdy schudde zijn hoofd. "Zij staat daar buiten. Ik blijf hier tot ze weg is."

"Ach, kom nou joh. Ik..."

"Wilt u naar buiten gaan? De volgende groep moet naar boven."

"Mijn man voelt zich een beetje..." begon Sanne en daarna beet ze piekerend op haar lip. Wat was 'bibberig' in het Italiaans? Nou ja, dan moest ze er maar een ander zinnetje van maken. "Mijn man voelt zich niet zo lekker. Mag hij hier even blijven staan?"

"Er is buiten een stoel," was het antwoord van de vrouwelijke bewaker.

"Nee, dan heeft hij vast last van de zon. Hij moet gewoon even bijkomen."

Al pratend keek ze langs de bewaakster heen en zag Ilona ergens links naast een groep Japanners staan.

"Ilona staat daar links," zei ze tegen Ferdy, "als wij nou gelijk rechts gaan voor die groep langs... ik wil haar ook niet spreken."

"Ik blijf hier," zei Ferdy koppig.

"Schiet nou op. We hebben nu de kans om haar te ontlopen."

Ze greep Ferdy's hand en trok hem mee naar de uitgang van het halletje.

De bewaakster begreep dat ze toch weg wilden en ze liep voor hen uit naar het hek, terwijl ze de mensenmassa luidkeels en met brede armgebaren commandeerde om ruimte te maken.

"Kom, hollen!" zei Sanne.

Ze greep Ferdy opnieuw vast en trok hem mee de brede marmeren trap op en het hek door.

In het voorbijgaan bedankte ze de bewaakster en daarna zette ze het op een lopen.

Ferdy begreep eindelijk wat de bedoeling was en hij spurtte met Sanne mee, over het gras, langs een pleintje, een smal straatje in tot Sannes knie begon te protesteren tegen de behandeling.

In een veel kalmer tempo sloegen ze lukraak een keer links en een keer rechts tot ze bij een overvol terras aankwamen.

Ferdy bleef zwaar hijgend staan en keek schichtig om zich heen.

Hij zag eruit alsof hij elk moment kon neervallen.

"We gaan binnen aan de bar zitten," zei Sanne. "Dan kun je je op de wc opsluiten als ze ons vindt."

"Het is een heks," kreunde Ferdy gejaagd. "Ze maakt me gek!"

"Ik kan me er wat bij voorstellen," antwoordde Sanne en ze schoof naast Ferdy op een barkruk. "Ik kwam haar vorige week ook tegen. In een bus. Ze had me binnen de kortste keren depressief gekletst."

"Dus ze is jou ook aan het treiteren?"

"Welnee. Ik kwam haar toevallig tegen."

"Geloof dat maar niet. Ze doet het erom. Ze wil ons gek maken. Ze zei tegen me..."

Een serveerster vroeg wat ze wilden.

Ferdy keek verlangend naar de rijen donkerbruine flessen achter de bar en maakte het gebaar van een groot glas.

"Voor mij een driedubbele borrel," zei hij in het Engels.

"Kom nou," reageerde Sanne fel en ze legde haar hand op de arm van de serveerster. "Ogenblikje graag."

Daarna draaide ze zich naar Ferdy. "Je wilt je gaan bezatten? Denk je nou heus dat dát wat oplost?"

"Ja maar, ik heb écht een borrel nodig!" Het klonk wanhopig.

"Het is wel de bedoeling dat je straks in je stacaravan gaat slapen, hoor. Niet hier buiten in de goot."

Ze richtte haar blik weer op de serveerster. "Twee cappuccino graag en twee tosti's kaas."

"Ja, maar ik wil heus..." begon Ferdy klagelijk, maar Sanne had geen zin om hem te laten uitspreken.

"Wat zei Ilona precies tegen je?" vroeg ze.

Ferdy schraapte zijn keel. "Je was vroeger ook altijd al zo bazig," klaagde hij.

Sanne trok een gezicht. "Je hebt een alcoholprobleem, Ferdy."

"Onzin!" bromde hij fel.

Sanne haalde losjes haar schouders op. "Als je zo dronken bent dat je om één uur 's middags al van je fiets valt, heb je echt wel iets om over na te denken."

Ferdy keek haar stomverbaasd aan. "Hoe weet jij..."

"Ik heb je van de straat geveegd, Ferdy Heiligers. Dus mij maak je niks wijs. En vertel nou eindelijk eens wat Ilona tegen je zei."

De serveerster zette twee koppen koffie voor hen neer. "De tosti's komen er zo aan."

Ferdy roerde met een vies gezicht in zijn kopje, maar nam toen toch een slok.

"Ze zei dat ik haar leven heb verwoest," bromde hij. "Nou gaat ze me straffen en mijn toekomst ook verpesten."

Sanne schrok ervan. "Zei ze dat echt?"

Ferdy knikte.

"Dat klinkt behoorlijk gestoord. Maar je moet je daar toch niet zoveel van aantrekken, joh. Wat kan ze nou doen?"

"Da's makkelijk gezegd, Sanne. Ze loopt me na en laat maar steeds haar verminkte vingers zien en die ellendige verbrande hals... En dan roept ze tegen iedereen die het maar horen wil dat ik de dader ben. Ze heeft mijn baas een brief geschreven, daar lustten de honden geen brood van. Ik ben meteen ontslagen. Ik kon praten als Brugman, maar mijn baas geloofde mij niet meer."

"Meen je dat nou? Kun je dan niet beter eens naar de politie gaan? Die zouden dan..."

"Dat héb ik gedaan. Ze heeft van de rechter een straatverbod gekregen! Maar ze kunnen haar niet verbieden om toevallig ook in Toscane op vakantie te zijn." Hij haalde diep adem. "En nou heeft ze ook alweer helemaal toevallig op onze camping een stacaravan gehuurd."

"Oh? Ik dacht dat ze hier in Pisa in een hotel zat?"

Hij haalde nerveus zijn schouders op. "Weet ik veel, maar gister is ze naar Basje gelopen in de speeltuin. Toen heeft ze aan dat kleine manneke haar gruwelijke verminkingen laten zien en verteld dat ik haar heb verbrand."

Ferdy keek Sanne verwilderd aan en ratelde door: "Hij was helemaal overstuur. Ze zei dat ik Basje ook ging verbranden! Het kind heeft de hele nacht liggen gillen."

Sanne keek Ferdy ontzet aan. "Die griet is echt helemaal gek geworden, zeg. Dus daarom wilde je..." Ze slikte en hield de rest van de zin wijselijk binnen. "Daar moet toch wat aan te doen zijn? Dit kan ze toch niet maken?"

De serveerster zette tosti's voor hen neer en Ferdy nam afwezig een hap. "Ik weet het niet meer. Ik heb alles al geprobeerd."

"Van zo'n toren springen is anders ook geen oplossing. Dan heeft die griet toch haar zin? Misschien eh..."

Sanne dronk nadenkend haar kopje leeg en praatte verder: "Zou ze een psychiater hebben of zo? Dat we die eens bellen?"

"Wat helpt dat nou? Het was mijn schuld dat ze is verbrand," zei Ferdy zacht.

"Welnee, jij kon toch ook niet weten dat die spiritus zo'n steek-vlam zou geven? Wij stonden ook naast die barbecue, hoor!"

Ze draaide haar arm naar hem toe en wees op een kronkelig rood litteken dat onder haar elleboog liep. "Die vlam heeft mij alleen maar geschampt, maar als de wind ook maar een klein beetje anders was geweest, hadden wij de volle laag gekregen. Zeker weten."

Ze nam een hap van haar tosti om Ferdy wat terug te laten zeggen, maar die reageerde niet.

"Geloof maar niet dat Ilona ons dan zo vaak was komen op-zoeken," praatte Sanne strijdlustig verder. "Het is een grote egoïste. We moeten haar onderhand echt haar vet geven. Ze is al veel te ver gegaan. Dat met Basje... Daar zijn toch geen woorden voor? Hoe durft die griet!"

"Ze durft nog wel meer," zei Ferdy zacht. "Er gaan verhalen over haar..."

"Wat bedoel je?"

"Heb je het niet gehoord dan? Van Timo?"

"Timo? Bedoel je Ilona's ex?"

Ferdy knikte.

Sanne keek hem aan. "Nee. Wat is er met Timo?"

"Die ligt nu met een dwarslaesie in een ijzeren long." Ferdy kuchte. "Voor de rest van zijn leven."

"Wat? Hoe kan dat nou?"

Ferdy wreef verwoed over zijn neus. "Ongelukje in Oostenrijk. Van een bergpad gegleden, toen hij met Ilona aan de wandel was."

Sanne voelde zich helemaal koud worden. "Hè? Dat meen je niet. Heeft Ilona..."

"Ze waren ergens hoog in de bergen zonder gids en er dreigde onverwacht een onweersbui. Toen zijn ze op een holletje naar het dal gedraafd en Timo is onderweg uitgegleden. Het was officieel een triest ongeluk en hij heeft erg geboft dat hij nu de rest van zijn leven in die ijzeren long mag liggen."

"Zei Ilona dat?"

"Nee, Ilona zei tegen me dat hij nu zijn trekken thuis had en dat ze..."

Ferdy zweeg en keek verlangend naar de serveerster die met een blad vol gevulde glazen langs kwam draven.

"Dat ze wat?" vroeg Sanne.

"Dat ze zo gauw mogelijk zou zorgen dat ik hem gezelschap ging houden," bromde Ferdy.

"Maar dat is een dreigement! Daar moet je mee naar de politie!"

"Daar ben ik al geweest, Sanne. Ik zei toch net dat ze een straatverbod heeft gekregen. Maar verder kunnen ze niet veel. Het is haar woord tegen het mijne."

Er kwam een vrouw de bar binnen en Ferdy kromp in elkaar.

Sanne legde haar hand op Ferdy's arm. "Rustig maar, dat is Ilona niet. En als we haar weer zien, moeten we haar gewoon goed de waarheid zeggen. We hebben veel te lang met haar meegepraat. Dat mens verdient een lesje!"

"Eerlijk gezegd wil ik Ilona nooit meer zien." Ferdy schoof zijn bord weg en stond op. "Ik moet terug naar Irene. Ze zal niet weten waar ik blijf."

"Zullen we samen reizen? Ik moet toch ook die kant uit."

Ferdy schudde zijn hoofd. "Ik heb Irene beloofd om Basje op ijs te trakteren in het restaurant in de hoofdstraat. Ze zijn even bij die toren wezen kijken, maar daarna mocht Bas in de stad een cadeautje gaan uitzoeken."

Hij wreef vermoeid over zijn ogen en stond op. "Dus eh... tot kijk dan maar."

Zonder op haar antwoord te wachten liep hij naar de uitgang, tikte daar de serveerster aan en ging spiedend naar de straat staan kijken.

Sanne kneep haar lippen op elkaar. Was Ferdy zo bang voor Ilona dat hij zelfs niet zomaar naar buiten durfde te lopen?

Dan was de stakker wel erg ver heen.

Terwijl Sanne zich zat af te vragen of ze toch nog even naar Ferdy toe zou gaan, kwam de serveerster langs met een dienblad. Er stonden twee glazen met driedubbele borrels op en ze koerste recht op Ferdy af.

Die pakte een glas van het blad en sloeg het in één teug achterover. Daarna duwde hij de vrouw een bankbiljet in handen, pakte het tweede glas en dronk ook dat razendsnel leeg.

Ten slotte wuifde hij uitdagend naar Sanne en ging er op een holletje vandoor.

Sanne zette haar kopje met een klap op het schoteltje. Ferdy was nog geen spat veranderd. Nog net zo eigenwijs als altijd.

Nou ja, dat maakte het makkelijker om hem uit haar hoofd te zetten.

Hoe kwam ze eigenlijk op het idee dat ze nog steeds van hem hield?

Er sloeg een intense golf van verdriet door haar heen. Je grote liefde vergat je niet zomaar. Als je echt van iemand hield, bleef er altijd een wond achter in je hart. Daar groeide in de loop der jaren wel ecn eeltlaag overheen, maar toch... iets van de pijn zou altijd blijven.

Ferdy was intussen een alcoholist geworden met de nodige psychische problemen. Misschien moest ze blij zijn dat hij allang met een ander was getrouwd. Of was het allemaal anders gelopen als zij er voor Ferdy was geweest?

Ze drukte haar vingers tegen haar lippen en liet de gedachte even op zich inwerken.

Ach, wat deed het ertoe? Ferdy had háár gedumpt, niet andersom.

Nee, deze hele toestand met Ferdy was haar schuld gelukkig niet.

Ze riep de serveerster om af te rekenen, maar Ferdy had haar consumpties ook al betaald.

Lieve Ferdy... Ze wilde hem zo graag helpen!

Maar hoe?

Misschien moest ze Ilona binnenkort inderdaad eens goed op haar nummer zetten en haar pressen om Ferdy met rust te laten. Maar of die daar baat bij had?

Hoe hielp je iemand ooit van de drank af, als die persoon zelf vond dat het allemaal best meeviel? Zoals hij die drankjes achterover had geslagen... Dat was absoluut niet normaal.

Zij deed er een hele week over om die hoeveelheid alcohol binnen te krijgen en Ferdy had nog geen halve minuut nodig gehad.

En wie weet bij welke cafés hij op dit moment nog even naar binnen liep om zijn ellende te vergeten...

Ze zwaaide naar de serveerster en ging diep in gedachten de bar uit, op weg naar het station.

HOOFDSTUK 6

Na een warme treinreis in een coupé vol krijsende schoolkinderen liep Sanne een paar uur later met een gonzend hoofd het knusse pleintje bij het station van Vada op, waar ze werd begroet door een heftig miauwende cyperse kat.

Sanne nam de tijd om het beest uitvoerig te aaien en ondertussen keek ze wat schichtig rond of ze Vigo's moeder ook zag, maar die was nergens te bekennen.

Met de luid spinnende poes op haar hielen liep ze naar haar fiets en haalde die van de ketting.

Daarna gaf ze het beest nog een knuffel, stapte op en fietste weg.

Het was een heerlijk tochtje na al die muffe hitte in de trein en Sanne genoot volop van het zwoele zomerwindje dat de geuren van bloemen en ruisend graan met zich meevoerde.

Ze sloeg van de grote weg af en nam op de rotonde het smalle zandpaadje door de landerijen.

Het ging omhoog en omlaag en lag vol stenen. Sanne had al haar aandacht bij het fietsen nodig en dat hielp geweldig om haar hoofd weer wat rustiger te krijgen. Ze fantaseerde dat ze een gevierde mountainbiker was, die soepeltjes alle hindernissen wist te omzeilen en kampioen werd. Langzaam voelde ze haar levenskracht terugkeren.

Een eindje verder ritselde er iets in het hoge bloeiende gras links van de berm en in een flits zag ze een groenbruin hagedisje over het pad rennen. Recht op haar af.

Och, dat arme diertje! Remmen!

Ze kneep keihard in beide handremmen en probeerde naar

rechts te sturen. Het voorwiel blokkeerde, sloeg om en terwijl de hagedis in het graslandje links een goed heenkomen zocht, dook Sanne met fiets en al het aan de andere kant van het pad gelegen zonnebloemenveldje in.

Te midden van een waar salvo aan knakkende geluiden, landde ze op haar zij naast een puntige steen en schudde met haar hoofd als een hond die net onverwacht een emmer ijskoud water over zich heen heeft gekregen.

Haar blik gleed over de tientallen afgeknapte zonnebloemhoofden, die daarnet nog zo fier op het veld hadden gestaan en ze beet wat schuldig op haar lip.

Lieve help, zij weer hoor. Kon ze nog niet eens ergens fietsen zonder gelijk het halve landschap te verbouwen?

Nou ja, zo te voelen was zij nog helemaal heel.

Ze krabbelde wat stijfjes overeind en probeerde haar fiets onder een berg geknakte bloemen vandaan te trekken, maar dat lukte niet erg. De remblokken zaten vast en hielden het voorwiel geblokkeerd.

Uiteindelijk wist ze het ijzeren ros het pad op te sleuren en bekeek de schade met kennersblik.

Er waren wat spaken gesprongen en er zat een lelijke slag in het voorwiel. Daar kon ze zonder schroevendraaier niks mee beginnen.

Maar aan die vastzittende remmen was wel wat te doen. Ze viste een puntige steen van het pad en gaf een flinke klap tegen het blokkerende mechanisme. Met een droge tik sprongen de remblokjes terug naar hun plaats.

Na een zuinige blik op haar lichtgele broek nam ze het stoffige voorwiel tussen haar benen, draaide het stuur weer in de juiste richting en probeerde vervolgens energiek haar broek weer schoon te kloppen. Veel hielp het niet en ze richtte haar ogen weer op de fiets. Eens kijken of ze er nog mee wegkwam.

Ze schoof op het zadel en zette zich af. De fiets ging hobbelend wat naar voren en Sanne besloot om het er maar op te wagen. Het voorwiel was immers toch al naar de Filistijnen en als ze van de remmen af bleef, zou het best lukken.

Bonkend en hobbelend kaatste ze over het pad en hield het na tien meter voor gezien. Ze kon maar beter lopend verdergaan, anders hield ze aan het gedoe nog een wandelende nier over.

Misschien kon ze het straks op de asfaltweg nog een keertje proberen.

Maar toen ze na zo'n twintig minuten ploeteren bij de grote weg aankwam, was de band van het kromme wiel geschoten en er zat weinig anders op dan haar oncomfortabele wandeling voort te zetten.

Uiteindelijk bereikte ze puffend en zwetend de toegangspoort van Casa di Campagna.

Ze drukte de klink omhoog en duwde tegen het groene metaal.

Terwijl de deur langzaam openzwaaide, drong ineens de geur van brandend houtskool haar neus binnen.

Hè bah, ze hadden die rottige barbecue weer aangestoken. Er zat niks anders op dan maar weer alleen te gaan eten vanavond, want...

Ineens bevroor ze. Dat zag ze toch niet goed? Was dat echt Ilona die daar op dat stoeltje naast Irma zat?

Help, ze was het echt! En zo te zien had ze haar al gezien, want naar wie zou ze anders zo overdreven blij zitten te zwaaien?

Oh, die ellendige griet! Hoe wist die nou waar zij woonde?

Was het toeval dat ze hier zat? Of had Ferdy soms...

Nee, dat was een domme gedachte. Ferdy zou toch niet aan Ilona gaan vertellen waar zij, Sanne, woonde? Ferdy wilde Ilona nooit meer zien.

En zij ook niet...

Maar ja, de trut zat er wel. Kijk nou toch, nou zat zelfs die irritante Irma naar haar te wuiven. Wat moest ze nou doen?

Sanne slikte moeilijk, duwde haar fiets de binnenplaats op en nam alle tijd om de deur weer netjes dicht te doen.

Intussen probeerde ze wanhopig na te gaan hoe ze zich hier uit kon redden. Zo gewoon mogelijk doen, dat zou wel het beste zijn.

Dus wuifde ze enthousiast naar de twee vrouwen op de stoeltjes, zodat iedere toevallige getuige van het tafereeltje alleen maar tot de conclusie kon komen dat ze dolblij was om de dames te zien.

Daarna duwde ze de fiets manmoedig voor zich uit en had heel even het gevoel dat het rijwiel een ijzeren schild was, dat haar tegen de boze heksen zou beschermen. Maar ze besefte vrijwel meteen dat het gehavende ros van weinig nut zou zijn.

Ilona's pijlen drongen door tot diep in je ziel en Irma kon er ook wat van op dat gebied.

Het zat er dik in dat Ilona die ellendige Irma al helemaal had bijgepraat, dus dat ging weer wat worden de komende tijd.

Zucht...

Sanne koerste op haar huisdeur af, zette de gehavende fiets tegen de muur en draaide zich nog even om. Ze kon het beste nog maar een keer zwaaien voordat ze maakte dat ze binnenkwam.

Oh nee toch! Vigo zat er ook en hij wenkte haar!

Wat moest ze nou?

"Ik heb een sapje voor je ingeschonken," riep Vigo vrolijk. "Kom er even bij zitten, dan kun je met onze nieuwe bewoonster kennismaken."

Sannes hart sloeg minstens drie tellen over van pure schrik en begon daarna als een razende te kloppen. Wat bazelde Vigo over 'kennismaken'? Met 'onze nieuwe bewoonster'?

Hij bedoelde toch niet... Nee, dat kon niet. Ilona huurde toch een stacaravan op de camping bij Ferdy?

Sanne kreeg het afschuwelijke gevoel dat iemand haar keel beetpakte en energiek begon te knijpen. Ze slikte heftig, maar veel lucht leverde dat niet op.

"Kom op nou," riep Vigo.

Het liefste was Sanne luid gillend weggerend, maar dan zou ze zich voor eeuwig bij Vigo belachelijk maken. Dus trok ze haar gezicht in een vrolijk lachje en stapte welgemoed op de vijand af.

"Mag ik je voorstellen..." begon Vigo, maar Sanne liet hem niet uitpraten.

"Ik ken Ilona al. Ze is eh... een vriendin van mij."

Oh help! Waarom had ze nou zo geaarzeld voordat ze het woord 'vriendin' uit haar keel kon krijgen? Als dat maar niemand was opgevallen!

"Ja, ik ken Sanne ook maar al te goed," zei Ilona in het Engels en met overdreven langzame gebaren begon ze aan de vingers van haar lange handschoen te plukken. Millimeter voor millimeter schoof de stof van haar pols en met iedere beweging werd er steeds meer verminkte huid vol felrode littekens zichtbaar. "Dit heeft Sanne namelijk gedaan," verklaarde Ilona. Ze trok de handschoen helemaal uit en draaide haar hand om en om, zodat de verminkingen in het felle zonlicht duidelijk te zien waren.

"Ik was een bekende violiste, maar dat is nu voorgoed voorbij." Ze keek Vigo met een treurig lachje aan. "Dat is allemaal Sannes schuld."

Er sloeg een ijzige kilte door Sanne heen en tegelijkertijd borrelde er een intens gevoel van woede in haar op. Hoe durfde Ilona! Hoe durfde ze dit soort onzin uit te kramen waar Vigo bij was?

"Dat is helemaal niet waar!" snauwde ze fel. "Ilona heeft een ongeluk gehad. Daar heb ik helemaal niks mee te maken."

Ze keek Ilona kwaad aan en zei in het Nederlands: "Je moet onderhand eens ophouden met dat pathetische gedoe van je. *Get a life!*"

Tot haar grote schrik vertaalde Irma haar woorden voor Vigo.

"Ja, dat is Sanne ten voeten uit," ging Irma op bijna genietende toon verder. "Ze is een rasechte egoïste, die alleen maar aan zichzelf denkt."

Sanne kon zich niet inhouden. "Oh, zit jij ook al in het complot?" snauwde ze tegen Irma. "Ilona is psychisch gestoord! Ze is zelf zo dicht bij die barbecue gaan staan! Dan had ze maar een beetje uit moeten kijken!"

Met wilde gebaren liet Sanne haar onderarm zien en wees op het litteken. "Kijk, ik stond er ook naast hoor. Als de wind een beetje anders was geweest, was ik nog veel erger verbrand."

"Maar de wind stond niet anders," kweelde Ilona op dramatische toon. Ze trok nu ook het sjaaltje van haar nek en gunde de aanwezigen een uitgebreide blik op haar verminkte hals en decolleté.

Vigo deed een stapje dichterbij en bekeek de huid met samengeknepen ogen. "Dat is lelijk aangekomen, zeg. Daar zijn nog wel wat operaties voor nodig, denk ik."

Terwijl Ilona met een triest lachje knikte, keek Vigo nadenkend naar Sanne.

"Dus daarom heb je zo'n hekel aan de barbecue," concludeerde hij langzaam.

Sanne knikte met een vuurrood hoofd. "We hadden een feestje," zei ze schor. "Iedereen had te veel op en..."

"Ik niet, hoor," onderbrak Ilona haar met een dramatisch gebaar. "Ik niet. Ik was gewoon helemaal nuchter. Maar jij..." Ze wees met haar verminkte hand beschuldigend naar Sanne. "Jij was ladderzat!"

"Dat is helemaal niet waar! Zoveel had ik echt niet op."

Ilona negeerde de uitbarsting. "De barbecue trok niet goed meer en Sanne kwam met de goede raad om er maar flink wat spiritus op te gooien." Ze wees opnieuw naar Sanne en gilde woest: "Zelfs een peuter weet dat het levensgevaarlijk is om spiritus op een brandende barbecue te gooien!"

"Ik heb niet met spiritus gegooid!" schreeuwde Sanne. "Dat was Ferdy!"

"Ferdy deed alles wat JIJ hem opdroeg. Hij liep als een hondje achter je aan. Het is jouw schuld dat ik zo verschrikkelijk verminkt ben!"

Ilona liet haar stem wat dalen en keek Vigo aan. "Denk je dat Sanne nog eens op bezoek kwam? Welnee, ze liet me zomaar aan mijn lot over."

Ze richtte haar blik op Irma, die het verhaal ademloos leek te volgen. "Het is net wat jij al zei, Irma. Sanne is een grote egoiste."

Irma slaakte een diepe, overdreven zucht en knikte heftig.

"Van dit soort mensen moet ik zó op de pot," bitste ze op verontwaardigde toon tegen Vigo. "Dat iemand door jouw schuld zo vreselijk verminkt raakt, is nog tot daar aan toe. Maar dat je, zoals Sanne hier, dan maar gewoon verder leeft, zonder je iets van je slachtoffer aan te trekken... Daar zijn geen woorden voor."

Terwijl Irma uitgebreid aan Vigo begon te vertellen dat Sanne haar ook nog glashard van kofferdiefstal had beschuldigd, zakte de arme Sanne sprakeloos op een stoeltje. Ze had het helemaal verpest. Waarom had ze niet gewoon met Ilona meegepraat? Ze had toch op haar vingers kunnen natellen dat ze deze strijd zou verliezen? Irma mocht haar niet. Wat ze ook als verdediging aan zou voeren, Irma was op de hand van Ilona.

Oh, waarom had ze niet gewacht tot ze alleen was met Ilona en haar dan de waarheid gezegd? Dan was deze vernedering haar misschien bespaard gebleven. Nu had ze allemaal verkeerde dingen staan roepen. Zelfs Vigo zou denken dat het hele ongeluk haar niks kon schelen.

Vanuit haar ooghoeken zag ze ineens Camiel stomverbaasd naar haar kijken. Nee toch, waar kwam die ineens vandaan? En erger: wat had hij allemaal gehoord?

Ach, wat maakte het ook uit? Zelfs al had hij er nu niks van begrepen, dan wist hij binnenkort heus wel van de hoed en de rand. Het was Irma immers wel toevertrouwd om ook de andere bewoners van Casa di Campagna op de hoogte te brengen van haar 'wandaden'.

Nee, het zou niet lang meer duren, dan keek iedereen haar hier met de nek aan...

"Ik snap niet dat ze dat soort mensen niet opsluiten," bitste Irma intussen verontwaardigd. "Af en toe vind ik het gewoon jammer dat ze de doodstraf hebben afgeschaft, weet je dat?"

Sanne rilde heftig om zoveel onrecht. "Ik vind het heel erg voor Ilona," zei ze fel. "Echt waar! Ik ben wel honderd keer op bezoek geweest. En ik heb wel duizend keer gezegd dat het me spijt. Wat moet ik dan nog meer?"

Ze keek wanhopig om zich heen, maar Irma en Ilona trokken bijna tegelijk minachtend hun neus op.

"Ja, ja," bromde Irma bits. "Moeten we dat heus geloven? Net beweerde je anders nog glashard dat het Ilona's eigen schuld is geweest."

Sanne beet op haar lip. Ze kon maar beter weggaan. Dit werd hier nooit meer iets. Dat Irma en Ilona minachtend over haar dachten, kon ze nog wel hebben. Maar dat Vigo en Camiel haar voortaan ook als een stuk vuil zouden behandelen, dat was onverdraaglijk. Ze moest op een van de campings bij Pisa maar op zoek gaan naar een vrije tent en een baantje. Want op haar werk kon ze zich binnen de kortste keren natuurlijk ook niet meer vertonen. Daar zou Irma wel voor zorgen.

Of zou ze een ticket boeken en terugvliegen naar Nederland?

Ze liet de gedachte even op zich inwerken, maar rechtte toen haar rug.

Nee, natuurlijk niet. Ze had echt geen zin om de rest van haar leven gezellig bij de Jaarbeurs dunschillertjes en roerbakreepjes aan de man brengen.

"Ga je mee, Sanne?" zei opeens Camiels donkere mannen-stem. "Ik heb nog een ijsje van je tegoed."

Sanne kon haar oren niet geloven. Wilde Camiel een ijsje gaan eten? Met iemand die volgens Irma en Ilona de grootste misda-digster van de nieuwe eeuw was?

Ze keek wat schichtig op en probeerde de uitdrukking op zijn gezicht te peilen. Straks begon hij bulderend te lachen als ze ja zei. Dan zou ze helemaal niet meer weten waar ze van pure schaamte blijven moest.

Maar Camiel lachte niet. Integendeel, hij keek ernstig.

"Kom, we hebben een afspraak."

"Heb jij een date met een misdadigster?" bemoeide Irma zich met de conversatie. "Kijk maar uit dat ze jou de keel niet af-snijdt, jongetje. En trouwens... wat vindt Elsje er eigenlijk van als je met een ander uitgaat?"

Camiel trok een wenkbrauw op en gaf geen antwoord.

"Och arme," was Irma's reactie. "Is het uit tussen jullie? Wat ellendig voor je, zeg. Geen wonder dat je je verdriet met dat minderwaardige grietje wilt vergeten."

Camiel schudde zijn hoofd. "Zit je niet een beetje door te dra-ven, Irma? Het lijkt mij een stuk eerlijker om eerst Sannes ver-sie van het verhaal maar eens te horen."

Irma snoof minachtend. "Ja, jij komt net aangewandeld na-tuurlijk. Jij hebt niet meegekregen wat dat wicht allemaal heeft uitgespookt. Maar neem van mij aan, Camiel... die egoïstische tante daar heeft Ilona willens en wetens in de brand gestoken. En nou roept ze ook nog dat het arme kind zich niet zo aan moet stellen."

Camiel zei niks terug en dat was voor Irma het sein om er nog een schepje bovenop te doen: "Ze moesten dat soort lui tegen de muur zetten, dat moesten ze!"

Camiel stak zijn hand uit en trok Sanne van het stoeltje. "Kom, pak je fiets. We gaan een ijsje eten."

Bibberig en behoorlijk in de war liep Sanne met Camiel mee. "Mijn fiets is stuk. Er liep een hagedis op het pad en... ik moet trouwens Roger ook nog verzorgen."

"Doen we dat samen," antwoordde Camiel.

Hij wilde de deur opendoen, maar Sanne viste haar sleutel uit haar broekzak en stak die in het slot. "Ik heb de deur op slot gedaan. Ik wil niet dat iedereen maar zo binnen kan lopen. Want van de week heeft iemand Roger..." Al pratend stapte ze over de drempel en bleef stokstijf staan.

De gang was bezaaid met stro, met van urine doorweekte kranten en konijnenkeutels. In het midden van de troep zat Roger aandachtig om zich heen te kijken.

"Nee toch," fluisterde Sanne ontzet. "Niet nog een keer!"

Camiel keek langs haar heen de gang in. "Is het wel handig om dat beest in huis te laten lopen? Dat geeft een hoop rommel zo."

Sanne keek hem verschrikt aan. "Je denkt toch niet echt dat ik... Dit heeft iemand gedaan om mij te pesten. Het is de twee-de keer al!"

"Om jou te pesten?" vroeg Camiel verbaasd. "Maar wie zou nou zoiets..." Hij stopte met praten en gaf daarna zelf het ant-woord op zijn niet afgemaakte vraag. "Ik kan eigenlijk al twee kandidaten aanwijzen," bromde hij. "Hoewel... Zouden ze echt zo kinderachtig zijn?" Hij schraapte zijn keel. "Nou, eerst die troep maar opruimen dan. Kun je me intussen vertellen wat er precies aan de hand is."

Hij tilde Roger geroutineerd van de grond, knuffelde het beest en liep ermee naar de keuken. "Je achterdeur zit dicht," riep hij, "waar heb je de sleutel?"

Sanne haastte zich naar hem toe. "Hier. Ik snap niet hoe ze binnen hebben kunnen komen."

"We hebben aan de andere kant van de binnenplaats een kamertje voor de schoonmaakster," legde Camiel uit. Hij zette het konijn in een rennetje op het gras en begon het hokje uit te vegen. "Er is daar vroeger een portiersloge geweest. Daar hangen van alle appartementen reservesleutels."

"Oh, dat wist ik niet."

Camiel wees op Sannes sleutelbosje. "Dat kleine sleuteltje geeft toegang tot die loge. We hebben er allemaal eentje."

Sanne trok een gezicht. "Dus iedereen kan bij iedereen zomaar binnenlopen?"

Camiel knikte. "Ja. Het is bedoeld voor noodgevallen."

Ze liepen samen terug naar de gang en gingen met bezem en stoffer en blik de rommel te lijf.

Terwijl Sanne een dweil over de tegels haalde, zette Camiel een pot koffie.

Toen alles opgeruimd was, gingen ze samen op de bank zitten en Sanne vertelde Camiel alles wat hij weten wilde over het rampzalige barbecue-avondje.

Halverwege haar betoog kwam er een knappe door de zon gebruinde man in de deuropening staan meeluisteren, maar Sanne ging zo op in haar verhaal dat ze hem niet zag.

Camiel zag Vigo wél en hij stelde zijn volgende vraag niet meer in het Nederlands, maar in het Engels.

Zonder het bewust te merken, praatte Sanne in het Engels verder. Ze was immers van jongs af aan niet anders gewend.

Uiteindelijk keek ze Camiel wat aarzelend aan. "Ik dacht eerst dat Ferdy zich van alles liep in te beelden, maar na die afschuwelijke scène van daarnet weet ik niet meer wat ik ervan denken moet. Misschien is Ilona wel echt met een wraakcampagne begonnen."

"We zitten in elk geval voorlopig met haar opgezadeld," klonk Vigo's stem vanaf de drempel. "Ze logeert de komende maand bij Irma."

Sanne schrok ervan. "Vigo?" fluisterde ze.

Vigo liep de kamer in en ging op het stoeltje bij het raam zitten. "Als dit allemaal waar is, heb je een flink probleem, Sanne. Zo te horen, deinst ze nergens voor terug."

"Er heeft ook iemand het konijn in de gang losgelaten," vulde Camiel aan. "Het was een enorme bende. Dat is natuurlijk *peanuts* vergeleken met iemand van een berg af gooien, maar toch..."

Hij keek Vigo vragend aan, maar die haalde zijn schouders op.

"Er is mij niks bijzonders opgevallen. Maar dat kan ook moeilijk, want ik ben de halve dag van huis geweest."

Camiel knikte langzaam. "En ik was de hele dag met mijn grootmoeder naar het strand."

"Je kunt maar het beste contact opnemen met Ilona's arts," zei Vigo langzaam.

Sanne knikte. "Ja, daar heb ik ook al aan gedacht, maar ik weet niet wie dat is. Ik... Nou ja... Ik heb haar de laatste maanden wat uit het oog verloren."

"Heel begrijpelijk," zei Camiel. "Het is niet misselijk wat ze allemaal zegt."

"Dan zou ik die Ferdy maar eens gaan uithoren," raadde Vigo aan.

Sanne haalde haar schouders op. "Ik weet niet of ik daar nog veel informatie uit loskrijg. Hij is een beetje... Nou ja, hij drinkt een beetje veel."

Vigo moest erom lachen. "Dat is een understatement."

Camiel stond op. "We gaan een hapje eten," zei hij. "Dat verzet de zinnen een beetje."

Met Camiel uit eten...

Aan de ene kant was dat een aantrekkelijke gedachte, maar... hoe zat het met Vigo? Misschien wilde ze wel liever met Vigo uit. Hoewel, die had iets met Irma. Toch?

"Wat is dat eigenlijk met jou en Irma?" flapte ze eruit.

Ze had meteen spijt van haar woorden. Lieve help, waarom zei ze dat nou? Waar Camiel bij was nota bene.

Wat wilde ze nou eigenlijk?

Ferdy?

Wilde ze Ferdy?

Maar die had een vrouw en een kindje. Dus Ferdy moest ze definitief uit haar hoofd zetten.

"Ik heb niks met Irma," bromde Vigo intussen. "Zegt ze dat?"

Sanne knikte met een rood hoofd en ze keek wat schichtig naar hem op. "Ja, ze beweert dat jij en zij..."

"Nou, dat is je reinste kletskoek. Irma nota bene. Bewaar me zeg."

Hij begon te grinniken en wees op Camiel. "Jij mag het zeggen, Sanne. Met wie van ons tweeën wil jij uit eten?"

Sanne staarde hem aan. Bedoelde hij nou dat hij haar leuk

vond? Dat ze maar met haar vingers hoefde te knippen om met hem uit te gaan? Maar hij zat wel erg te grinniken. Het was vast een geintje.

"Ik heb geen trek," zei ze langzaam. "Ik heb echt geen trek."

"In mij of in Camiel?" grapte Vigo.

"In eten."

Camiel schoot in de lach. "Als dat met je reisbaan niks wordt, kun je altijd nog diplomaat worden," grinnikte hij en daarna keek hij Vigo vrolijk aan. "Kom, mijn rivaal in de liefde, we laten onze jonkvrouwe wel een poosje alleen. Kan ze een beetje bijkomen."

"Prima," reageerde Vigo en Sanne zag de lachrimpeltjes bij zijn ogen. "Ga ik mijn zwaard vast slijpen voor ons duel van morgen."

Bulderend van de lach liepen de mannen de kamer uit en de voordeur klapte achter hen dicht.

Sanne streek vermoeid over haar ogen en ging daarna een glas water halen. Ze moest zich maar niet te veel inbeelden met die twee knappe mannen. Die zagen haar geen van tweeën zitten als vriendin. Dat was wel duidelijk.

Nou ja, wat gaf het? Ze was hier niet voor de mannen.

*

Sanne had geen prettige nacht. Ze had voor het slapengaan een barrière aan stoelen voor haar twee deuren gezet om te voorkomen dat er iemand ongemerkt naar binnen kon komen en ze schoot bij ieder geluidje wakker.

Ilona kwam in al haar nachtmerries voor, verwijtend, huilend, kermend van de pijn...

Nee, een pretje was de nacht niet geweest.

Met dikke ogen keek Sanne de volgende morgen wazig in de spiegel. Wat zag ze eruit, zeg. Een verlepte bos rozen was er niks bij. Nog een paar van die nachten en ze konden de vloer met haar aanvegen.

Ze nam een warme douche, maakte gapend een ontbijtje en besloot op zoek te gaan naar Ferdy. Wie weet kende hij de naam van Ilona's arts. Misschien kon zo'n dokter advies geven hoe ze Ilona het beste konden aanpakken.

Maar Ferdy vinden, zou ook nog een hele opgave zijn. Hij had vorige week op een huurfiets van Camping Baia del Pirata gereden, dus best kans dat hij daar een stacaravan had gehuurd.

Ze moest het maar gewoon even bij de receptie van de camping gaan vragen, het was het enige spoor dat ze van Ferdy had.

Ze ging Roger verzorgen, deed de achterdeur nauwgezet op slot en zette de stoelen weer voor de deur.

Als er nu iemand vanuit de tuin naar binnen wilde, was dat op zijn minst lastig.

Helaas was het onmogelijk om bij de voordeur hetzelfde trucje te gebruiken, want dan kon ze zelf ook niet meer naar binnen.

Ze viste een appel van de schaal, deed de voordeur achter zich op slot en zette daar de gehavende fiets voor.

Veel zou het niet helpen als iemand echt kwaad wilde, maar nu had ze tenminste het idee dat ze er iets aan deed.

Jammer trouwens dat de fiets stuk was. Fietsen zou heel wat makkelijker gaan. Maar ze had vanochtend echt geen tijd om het ding naar een reparateur te brengen.

Eerst moest ze dat gedoe met Ilona proberen op te lossen.

Al piekerend liep ze naar de grote weg, wandelde een stukje langs de rijbaan en sloeg na een minuut of tien lopen het pad naar Camping Baia del Pirata in.

Algauw kwam ze bij een houten blokhut, waar allerlei kleurige vlaggen wapperden. Een gelakt bordje gaf in groene krulletters te kennen dat hier de campingreceptie was gevestigd.

Sanne stapte welgemoed op het hokje af.

"Buon giorno," zei ze tegen de receptioniste. "Ik ben op zoek naar meneer Ferdy Heiligers. Hij heeft hier een stacaravan gehuurd."

"Welke organisatie?" vroeg het meisje.

"Geen idee, maar hij komt uit Nederland, dus..."

"Wat is de naam precies?"

"Heiligers," zei Sanne. "Ferdy Heiligers." En ze spelde de naam.

"Ik zal eens kijken," zei het meisje en ze begon opgewekt een register door te spitten.

Uiteindelijk legde ze haar pen hoofdschuddend weg. "Nee, geen F. Heiligers."

Ze legde zo de nadruk op de voorletter F, dat Sanne zich ineens afvroeg of er wél een andere Heiligers in het boek stond.

Op haar vraag knikte het meisje. "Ja, er is wel een meneer A. Heiligers."

'A' Heiligers...

Ferdy's broer heette Arno.

Ze had Ferdy weliswaar niet over zijn broer horen praten, maar het kon geen kwaad als ze eens bij die mensen ging kijken. Je wist maar nooit.

"Welke caravan heeft die familie?"

Het meisje sloeg haar register weer open. "Nummer 825."

"En waar vind ik die?"

De receptioniste pakte een stenciltje uit een la en begon vervolgens met haar pen de route aan te geven. "Dat is helemaal achteraan. Als u nou hier rechts gaat in de richting van de winkel en bij de bar links. Dan gaat u langs het speeltuintje en dan..." Ze stopte even met praten, zette een kruisje op het papiertje en besloot: "Dan is nummer 825 hier."

Ze schoof het papiertje naar Sanne toe. "Prego."

"*Grazie*," zei Sanne met een dankbare glimlach.

In een opwelling vroeg ze ook nog naar het caravannummer van haar vriendin Ilona de Groot, maar de receptioniste schudde na lang zoeken haar hoofd. "Die logeert hier niet meer. Ze is gisteren vertrokken."

Sanne bedankte het meisje uitvoerig, schoof haar een muntstuk van twee euro toe en ging op weg.

Baia del Pirata was een ruim opgezette schaduwrijke camping met veel hoge bomen, groene struiken en talloze bloeiende bougainville struiken.

In het begin genoot Sanne wel van haar wandeling, maar na een tijdje begon ze zich toch af te vragen hoelang het tochtje nog zou gaan duren. Ze moest straks ook het hele eind weer terug en ze had nog wel meer te doen vandaag.

Ze keek op haar horloge. Halftwaalf alweer. Ze moest wel om één uur op haar werk zijn. Ze kon niet constant maar te laat komen.

Ze nam een doorsteekje achter een toiletgebouw langs en liep even later op een heel smal kiezelpaadje waar aan weerszijden crèmekleurige stacaravans waren neergezet. Ze zagen er allemaal hetzelfde uit, met een houten trapje dat naar een overdekte veranda leidde waar een enorme houten picknicktafel en witte plastic stoeltjes stonden. Er hingen overal handdoeken en badpakken te drogen.

Ineens vertraagde ze haar pas. Daar, midden op het pad voor nummer 825, lag iemand op een plastic ligbed te zonnen. De man had een hoedje over zijn gezicht gelegd om zich tegen het felle licht te beschermen.

Ferdy?

In het mulle zand naast het ligbed stond een opblaaszwembadje waarin een peuter met Ferdy's krulhaar vlijtig water in een emmertje zat te scheppen.

Sanne liep naar het opblaasbadje. "Dag Basje," zei ze vrolijk.

"Laat Basje met rust," klonk een boze stem vanaf de veranda van de stacaravan. "Als u niet meteen weggaat, bel ik de politie."

Sanne keek verbaasd op, recht in het boze gezicht van Irene.

"Eh... ik kom eigenlijk voor Ferdy," zei ze aarzelend. "Ik wilde hem wat vragen."

Irene greep haar mobieltje. "U gaat nu weg!" zei ze gebiedend. Ze kwam het trapje af en terwijl ze beschermend voor Basje ging staan, begon ze met haar voet tegen de man op het ligbed te tikken.

"Ferdy, wakker worden. Ze is er weer!"

Ze is er weer?

Wacht eens... Irene zag haar voor iemand anders aan. En ze hoefde niet lang na te denken wie dat kon zijn.

"Ik ben Ilona niet, hoor," zei ze op geruststellende toon, "ik

139

ben Sanne ter Horst. Wij hebben al kennisgemaakt bij de grote weg, weet je wel? Toen Ferdy van zijn fiets gevallen was."

Irene keek haar taxerend aan. "Sanne ter Horst?"

Sanne knikte. "Ja, echt hoor. Ik kom juist om over die ellendige Ilona te praten. Ze valt mij ook lastig."

Irene boog zich voorover en begon aan Ferdy te schudden. "Ferdy, word nou wakker! Hier is Sanne voor je."

Ferdy kreunde, draaide zich moeizaam op zijn zij en sliep verder.

Irene slaakte een hoorbare zucht. "Hij zal nu toch nog niet te veel... Verdraaid, ik probeer er zo op te letten, maar hij weet me iedere keer weer te bedriegen."

Ze keek Sanne vermoeid aan. "Ik wilde boodschappen doen en Ferdy zou op Basje letten, maar... Ik was een minuut onderweg toen ik ineens zo'n onbestemd gevoel kreeg. Ik ben teruggerend en ja hoor, Ferdy lag te pitten. Dat kan toch niet, met zo'n kleintje in een bad."

"Hij vindt zelf dat het allemaal wel meevalt met zijn drankgebruik," zei Sanne, terwijl ze hoofdschuddend op Ferdy neerkeek. "Misschien moet je hem op laten nemen? Er zijn toch van die klinieken voor dronkaards? Sorry, ik bedoel natuurlijk..."

"Oh, je hoeft het niet mooier te maken dan het is, hoor. Zeg maar gerust dronkaard. Dat is hij toch ook?"

Ze zakte vermoeid naast Ferdy op een randje van het ligbed. "We dachten dat hij door deze vakantie weer op zou knappen, maar het heeft niet zo mogen zijn. Die afschuwelijke Ilona..."

Ze stond weer op. "Wil je wat fris?"

"Graag."

"Let jij dan even op Basje?"

"Ja tuurlijk. Zal ik meteen nog even proberen om Ferdy wakker te krijgen."

Terwijl Irene naar binnen liep, begon Sanne aan Ferdy te schudden, maar meer dan wat gekreun kreeg ze er niet uit.

Wat een ramp, zeg. Die arme Irene. Als je man elke dag zo dronken was... Wat bleef er dan nog van je huwelijk over?

Tja, Irene maakte wel een beetje de indruk of ze de hoop intussen had opgegeven.

"Maak dat je wegkomt, jij!" hoorde ze ineens een autoritaire mannenstem achter zich schreeuwen.

"Papa!" riep Basje en hij begon opgewonden met zijn schepje op het water te slaan.

Sanne voelde onverwacht een sterke hand op haar schouder en schrok zich rot. "Wat... wat..." stamelde ze.

"En nou wegwezen!" klonk het gebiedend en de hand begon venijnig te knijpen.

Sanne worstelde zich los en draaide zich met gebalde vuisten om. "Hé! Blijf eens van me af," snauwde ze strijdlustig.

Er stond een man achter haar, die sprekend op Ferdy leek. Zijn haar was kletsnat en er hing losjes een felgroene handdoek over zijn gespierde schouders.

Sannes fiere houding zakte in. Dat was Arno, Ferdy's tweelingbroer.

"Arno?" stamelde ze op hetzelfde moment dat de man stomverbaasd mompelde: "Sanne? Wat doe jij nou hier?"

"Ik kom voor Ferdy," legde Sanne uit. "Maar ja..."

"Het spijt me erg," bromde Arno verontschuldigend. "Ik dacht dat jij Ilona was."

Sanne wreef over haar pijnlijke schouder en glimlachte als de spreekwoordelijke boer met kiespijn. "Geeft niks, hoor. Als ik Ilona te pakken kreeg, zou ik ook flink knijpen. Ilona heeft trouwens kastanjebruin haar, ik ben blond."

"Papa!" riep Basje weer en hij sloeg nu zo hard om zich heen, dat Sanne een golf water over haar voeten kreeg. Maar dat merkte ze niet. Zei Basje 'papa' tegen Arno? Of probeerde hij alleen maar om Ferdy wakker te krijgen?

"Ha Arno," zei Irene vanaf de veranda. "Lekker gezwommen?"

Arno knikte, liep het trapje op, nam Irene in zijn armen en kuste haar. "Het water was heerlijk, meisje van me."

Sanne stond het tafereeltje met open mond aan te kijken en toen borrelde de enige mogelijke conclusie in haar op. "Jullie zijn een stel. En Basje is jullie zoon."

"Klopt," antwoordde Arno. "Wist je dat niet?"

"Nee, ik heb je zo lang al niet meer gezien."

Irene tilde Basje uit het badje en sloeg hem een handdoek om.

"Ben jij een ex-vriendin van Arno?" vroeg ze. Er lag heel vaag wat achterdocht in haar stem.

"Welnee, ik ben Ferdy's ex. Een van Ferdy's exen."

"Oh, jij bent dié Sanne!" riep Irene uit. "Ik heb al zoveel over je gehoord."

"Alleen maar goeds, hoop ik?" grapte Sanne.

"Ikke bad!" riep Basje op een jengeltoontje. "Ikke semme!"

"Nee, ik ga je aankleden, jonkie. Anders verbrand je nog. Kom."

Ze liep met een heftig protesterend Basje het trapje op en wees in het voorbijgaan op het dienblad met drankjes en een grote pot koffie, dat op de picknicktafel stond. "Schenk maar vast in. Ik ben zo terug."

"Zullen we maar boven gaan zitten dan?" vroeg Arno en hij wees naar de beschaduwde veranda. Daarna legde hij met een zorgzaam gebaar zijn grote badhanddoek over Ferdy heen en schoof het hoedje op zijn hoofd.

"Die krijgen we hier met geen tien paarden meer weg," verklaarde hij zuchtend, "ik wil ook niet dat hij verbrandt."

Sanne klom de veranda op en zakte op een plastic stoeltje.

Arno ging haar achterna. "Wat zal ik voor je inschenken, Sanne? Een sapje of koffie?"

"Doe maar sap." Sanne keek op haar horloge. "Ik heb niet zo heel veel tijd meer, Arno. Ik moet zo werken. Ik wilde Ferdy vragen of hij misschien de naam van Ilona's dokter kent."

"Werken?" vroeg Arno. Hij gaf Sanne haar glas en schonk voor zichzelf koffie in. "Woon je hier al lang dan?"

"Nee, ik ben hier tijdelijk om Italiaans te leren. Ik begin in september als productmanager bij Zontravels." Ze slikte. "Hoop ik," liet ze er toen zachtjes op volgen.

"Aha. En heeft Ferdy contact met je gezocht?"

"Nee," antwoordde Irene in Sannes plaats. "Sanne heeft Ferdy vorige week op de hoofdweg gevonden. Ze heeft haar naam wel gezegd, maar ik lette toen even nergens op. En er zijn ook wel meer Sannes in de wereld."

Arno knikte begrijpend. "Dat was een hele toestand, ja. Verlies je hem twee tellen uit het oog, heeft hij zich alweer lam gezopen." Hij zuchtte diep. "We hadden nog zo gehoopt dat hij hier zou opknappen, maar die ellendige Ilona had hem zo weer gevonden. Ik snap niet hoe ze dat doet."

"Ik heb ook last van haar," legde Sanne uit. "Daarom wil ik het via Ilona's dokter proberen."

"Zet dat maar uit je hoofd," antwoordde Arno en hij schepte flink suiker in zijn kopje. "Ik heb die huisarts al tig keer gebeld, maar die beroept zich op zijn ambtsgeheim."

"Heeft ze misschien een psychiater of zo? Iemand met zulke problemen..."

"Die is van hetzelfde laken een pak. Daar krijg je de secretaresse en die is specifiek opgeleid om mensen af te poeieren."

"Misschien als ik het uitleg..." probeerde Sanne.

Arno snoof. "Dat mens zei me zelfs dat er aan 'mevrouw de Groot' niets mankeerde. Ze was slachtoffer van een gerechtelijke dwaling, beweerde ze."

"Gerechtelijke dwaling?"

"Ja, ze bedoelde dat straatverbod dat Ferdy na veel gezeur eindelijk geregeld had."

Arno nam een fikse slok van zijn koffie, trok een vies gezicht en gooide er nog een paar klonten suiker in. "Dat mens vroeg me ook nog fijntjes of ik zelf geen afspraak bij 'meneer de dokter' wilde maken. Ze heeft die vent op een voetstuk gezet, dat wil je niet weten."

Terwijl Sanne hem nadenkend zat aan te kijken, dronk Arno zijn kopje leeg en schonk nog eens in. "Jij nog sap?"

Sanne keek op haar horloge. "Ik moet weg. Ik vraag me alleen af..."

"Er is helemaal niks aan dat mens te doen," gaf Arno antwoord op haar onuitgesproken vraag. "Ze maakt Ferdy helemaal gek en we beginnen erover te denken om een bodyguard in te huren."

"Maar we zijn toch al met z'n drieën?" vroeg Sanne. "Ik bedoel, Timo heeft geen leuke herinneringen aan haar, Ferdy heeft er last van en ik nu ook... Dan moeten we er toch met z'n allen wat aan kunnen doen?"

"Ik wens je er veel succes mee, Sanne. Als je getuigen nodig hebt, wil ik best op komen draven, maar verder zie ik er niks meer in. Je moet er gewoon mee leren leven."

Hij wees met een dramatisch gebaar op Ferdy. "Of je gaat er geheid aan onderdoor."

HOOFDSTUK 7

Met een briefje vol telefoonnummers liep Sanne even later diep in gedachten over de camping.

Ferdy...

Ferdy was helemaal niet getrouwd met Irene. Hij was een vrij man. Irene had haar bij het afscheid zelfs nog even toegefluisterd dat hij sinds Sanne geen enkele serieuze vriendin meer had gehad.

"Volgens mij treurt hij nog altijd om jou," had ze gezegd.

"Hij heeft mij destijds zomaar gedumpt," had ze wat verdrietig geantwoord, "ik wilde toen maar al te graag met hem trouwen."

Grappig dat ze in dat laatste zinnetje de verleden tijd gebruikt had. Alsof het allemaal voorbij was, haar liefde voor Ferdy.

Vorige week, toen ze er zo van overtuigd was geweest dat ze Ferdy voorgoed verloren had, ja... toen had ze gedacht dat ze nog steeds van hem hield.

Maar was dat wel zo?

Ferdy was wel erg veranderd. Een dronken vent op een stretcher, een zielig wrak. Als hij niet heel gauw hulp zocht, was het binnen de kortste keren met hem gedaan. Dat soort roofbouw hield geen enkel lichaam lang vol.

Arme Ferdy... Wat kon zij doen om hem te helpen?

Ze koos weer voor het doorsteekje dat achter het toiletgebouw door een schaduwrijk bosje voerde en keek zenuwachtig op haar horloge. Ze moest echt doorlopen nu, anders zou je Ricardo weer horen.

Opeens flitste er iets voor haar ogen langs en nog geen tel later hoorde ze een vreemde klap naast zich.

Ze keek verschrikt opzij en zag een trillende aluminiumpijl die scheef in de bemoste stam van een hoge eik stak. De rode veren aan het uiteinde glinsterden in de zon.

Hè, een pijl? Was er hier iemand...?

Opnieuw flitste er iets en nu voelde Sanne een kille luchtstroom voor een tweede pijl vlak naast de eerste met een zinderende klap in de boom sloeg.

Verschrikt keek ze om zich heen. Ze stond hier toch niet op een boogschietbaan? Wat was hier aan de hand? Waar kon ze een veilig heenkomen vinden?

Ze hoorde de korte vibrerende tik van een terugspringende pees en vanuit haar ooghoeken zag ze een derde pijl recht op zich af komen. Ze dook naar de grond en het gevaarlijke projectiel flitste over haar heen.

Oh help, het leek wel of iemand gericht op haar aan het schieten was. Maar dat was toch te idioot voor woorden?

Ze krabbelde razendsnel overeind en wilde wegrennen, maar het was al te laat. Er kwam een vierde pijl aanvliegen en terwijl Sanne wanhopig opzij sprong, schampte de vlijmscherpe punt haar vel.

"Au!" riep Sanne en een paar tellen keek ze gebiologeerd naar de rode druppels die gestaag uit haar onderarm begonnen te lopen.

Achter een grote stekelstruik klonk ineens een satanische lach. De lach van een krankzinnige.

Ilona! Dat was Ilona die daar met pijl-en-boog op haar stond te schieten! Hoe haalde ze het in haar hoofd?

"Ilona! Ben je gek geworden? Hou daar mee op!"

Maar Ilona lachte nog veel harder en toen opnieuw de korte tik van een terugspringende pees klonk, aarzelde Sanne geen seconde meer. Terwijl de vijfde pijl haar op een haar na miste, rende ze weg, zo hard als ze kon.

De demonische lach echode na in haar ogen.

Pas bij de uitgang van de camping durfde ze te blijven staan en keek naar haar arm, waar het bloed met kleine dunne straaltjes uit drupte.

Ze viste een tissue uit haar broekzak en drukte die stevig tegen de wond. Daarna trok ze het zakdoekje terug en bekeek de verwonding. Het was een lelijke rafelige snee, waaruit het bloed alweer begon op te wellen, maar erg diep zag het er gelukkig niet uit.

Toch moest ze er eerst thuis een stevig verbandje omheen gaan doen, want zo kon ze niet op haar werk verschijnen. Dat zou zelfs Ricardo wel snappen.

Ze gooide het bebloede zakdoekje in een prullenbak en gebruikte een nieuwe tissue om tegen de wond te drukken.

Daarna haastte ze zich naar Casa di Campagna terug.

*

Sanne wandelde door de grote toegangspoort en bleef verschrikt staan. De kapotte fiets leunde niet meer tegen de voordeur, maar stond een eindje verderop tegen de muur. Precies op de plek waar hij eerst had gestaan, was een rood plastic teiltje neergezet.

Sanne rilde. Iemand was bij haar voordeur geweest en had aan haar fiets gezeten. Dat was op zich natuurlijk een heel onschuldig iets, maar toch kreeg ze er een naar gevoel van.

Was die iemand ook binnen geweest? Trof ze zo meteen in de gang voor de zoveelste keer een vieze puinhoop aan? En wat moest dat bakje daar? Een cryptisch grapje om aan te geven dat ze weer een dweil nodig had?

Terwijl ze de wond op haar arm nog steeds stevig dichtdrukte, stapte ze haastig naar het teiltje en keek erin.

Het zat vol met een donkergele vloeistof die een doordringende pieslucht verspreidde. Op de bodem lag een verfomfaaid blauwachtig hoopje vodden.

Dat leek wel... Dat was toch niet...

Ze kreunde van ontzetting en beet op haar lip om niet te gaan huilen. Het was TumTum, haar lieve gebreide knuffelkonijn dat helemaal doorweekt op de bodem lag.

"Oh TumTum, lieve TumTum..." fluisterde ze.

TumTum was meer dan een knuffel voor haar. Mam had hem gebreid, speciaal voor haar, in een periode dat ze even écht wat aandacht voor Sanne had gehad. TumTum was symbool voor het feit dat haar moeder ooit van Sanne gehouden moest hebben. Daarna had ze daar verder weinig meer van gemerkt omdat mam alleen maar aandacht voor haar invalide zusje Emma leek te hebben.

Was Sanne gevallen en had ze een kapotte knie? Mam had geen tijd voor een kusje. *"Vraag Angela maar om een pleister, Sanne. Ik ben even met Emma bezig."*

Ook tegenwoordig was het nog niet veel anders. Ze had al zes keer naar haar ouders gebeld, maar alleen haar vader te spreken gekregen, want mam was constant 'even met Emma bezig'. Er drupte een traan over Sannes wang, maar ze had geen vrije hand om hem weg te vegen.

"Ach TumTum," fluisterde ze triest. "Hoe krijg ik je ooit nog schoon?"

"Sanne? Ben je gewond?" vroeg een donkere mannenstem bezorgd. Vigo!

"Niks bijzonders, Vigo," antwoordde Sanne schor. "Ik ga er even een pleister op doen en dan moet ik maken dat ik op mijn werk kom."

"Laat eens kijken," vroeg Vigo en zonder op antwoord te wachten, pakte hij haar arm en trok de hand met de tissue weg.

"Wat heb jij nou gedaan? Je ergens aan opengehaald?"

"Nee, Ilona heeft me beschoten. Met pijl-en-boog."

"Wat?"

Sanne zuchtte en liet zich door Vigo omhoogtrekken. "Ja, dat klinkt raar, hè? Je zult wel denken dat ik gek geworden ben."

Hij keek haar indringend aan. "Je huilt," zei hij.

Ze beet op haar lip. "Dat is niet van de pijn. Tenminste..." Ze wees op TumTum. "Iemand heeft mijn knuffel in de pies gegooid. En met een beetje geluk zit Roger ook weer in de gang. Het werd me even te veel, maar het is alweer over."

Vigo knikte langzaam en richtte zijn blik weer op de wond. "Dat kan ik beter even goed schoonmaken en hechten, anders blijft het bloeden."

"Duurt dat lang? Ik moet over tien minuten op mijn werk zijn."

Hij grinnikte. "Ja, dat duurt wel langer dan tien minuten. Ik bel Ricardo zo wel even dat je later bent."

"Dat is heel lief van je, maar dat kan ik zelf wel. En ik moet TumTum ook even in bad doen."

Hij schudde zijn hoofd. "Als je liever doodbloedt..."

Sanne keek hem aan. "Grapje zeker?"

"Ach," zei Vigo, "je kunt wel een litertje missen, moet je maar denken. Ga maar werken hoor. Dan hou je dat dienblad gewoon tegen die wond om 'm dicht te houden. Kan wat spetters geven af en toe, maar een kniesoor die daar op let."

Ze keek hem aan en er ging een vreemd steekje door haar buik toen ze die leuke lachrimpeltjes weer bij zijn ogen zag verschijnen.

"Ik kan TumTum toch niet..." begon ze aarzelend, maar toen stopte ze met praten. Ze deed net of TumTum een baby was, die gevaar liep als hij langer in die teil bleef liggen. Maar dat was je reinste onzin. Een gebreid konijn kon daar best tegen. Het voelde alleen niet goed. Ze hield van het beest.

Tot haar verbazing scheen Vigo het te begrijpen. "Je hebt gelijk. Ik zou mijn oude beer ook niet zo laten liggen."

Hij trok de sleutel uit haar hand, deed de deur open en liep met het teiltje naar binnen.

Ze ging hem haastig achterna, door de gang die er gelukkig stralend schoon uitzag, de badkamer in.

Hij kiepte de teil met geroutineerde gebaren in de toiletpot leeg, hield TumTum een poosje onder de douche en viste toen een pak waspoeder uit het wastafelkastje.

Even later dreef TumTum in het zeepsop.

Vigo spoelde zijn handen uitgebreid af en zei: "Loop maar even met me mee, dan zal ik die wond voor je hechten."

"Kan dat hier niet?"

Hij knikte. "Ja hoor, als je een klosje garen voor me hebt en een scherpe naald, dan gaat het vast wel lukken."

Ze keek hem zo verbouwereerd aan dat hij in de lach schoot.

"Kom nou maar mee. In het hotel hiernaast is een dokterspost. Daar hebben ze alles wat ik nodig heb."

Ze haalde losjes haar schouders op. "Oké."

Terwijl ze samen over de zonnige binnenplaats liepen, tikte Vigo een nummer in op zijn mobieltje en gaf de telefoon aan Sanne.

"Prego?" hoorde Sanne haar baas zeggen.

"Ja eh... Ricardo. Ik ben gewond. Ik kom later."

"Later?" vroeg Ricardo ongelovig. "Alweer?"

"Ja, helaas. Het spijt me."

"Het spijt mij ook," bulderde Ricardo en terwijl Sanne de telefoon een eindje van haar oor afhield, begon Ricardo op luide toon van zijn ongenoegen blijk te geven.

Naast haar schoot Vigo in de lach. "Geef mij maar even. Ik ben goed in afpoeieren."

Hij nam het mobieltje uit Sannes hand en legde in rap Italiaans aan Ricardo uit dat zijn charmante medewerkster een behoorlijk poosje later kwam en dan beslist geen zware dienbladen mocht tillen.

Ricardo was er niet blij mee. Sanne kon hem van twee meter afstand weer duidelijk de nodige verwensingen horen roepen.

Vigo klikte grinnikend de verbinding weg en ging voor Sanne uit een nauw gangetje door.

Aan het eind gooide hij een deur open en Sanne bleef verbaasd op de drempel staan. Het leek wel of ze in de wachtkamer van een drukke polikliniek waren beland.

Op de houten banken langs de rand van de ruimte zaten allerlei mensen op hun beurt te wachten. Kinderen met bloedneuzen en kapotte knieën, volwassenen met snijwonden...

Aan de overkant van de ruimte was een receptiebalie waar een jonge vrouw in een wit verpleegstersjurkje blij verrast opkeek toen ze Vigo zag.

"Vigo? Jij werkt toch morgenochtend pas weer?"

Vigo knikte. "Mijn vriendin heeft zich gesneden. Ik wil haar even hechten." Hij gebaarde naar de wachtende mensen. "Even tussendoor."

Mijn vriendin? Zei hij echt: 'mijn vriendin'? Ach welnee, dat had ze gewoon verkeerd verstaan. Of hij zei het om sneller aan de beurt te zijn.

"Neem kamer drie maar, die is nog een halfuurtje vrij."

"Dat is meer dan genoeg," antwoordde Vigo en hij liep voor Sanne uit naar een kleine behandelkamer waar een enorm onderzoeksbed de ruimte domineerde.

Vigo legde een schoon matje op het bed en stalde daar een scala aan tangetjes, schaartjes, verbandmateriaal en injectiespuiten op uit.

Daarna pakte hij een flesje met vloeistof uit een kast, vulde een van de spuiten, hield hem tegen het licht en tikte geroutineerd de luchtbelletjes eruit.

"Ga maar op die stoel zitten en laat je arm maar hangen," zei hij.

Sanne kreeg een misselijk gevoel in haar maag. Ze had als kleuter ooit een film gezien waarin het door een noodlottige injectie helemaal fout was afgelopen met de arme heldin. Het lastige was dat haar oudere zusje Angela haar angsten alleen maar aangewakkerd had door te beweren dat dit soort enge dingen wel negen van de tien keer gebeurden als je een prik krccg.

Toen ze bij haar moeder troost en informatie ging zoeken, was die halverwege Sannes verhaal naar boven gerend omdat Emma begon te huilen.

Sindsdien had Sanne iedere keer als ze een prik kreeg moeten overgeven van angst.

Ze slikte moeilijk. Intussen wist ze best dat er zelden iets misging, maar haar lichaam trok zich daar niks van aan. Het was helemaal gewend om misselijk te worden zodra er een spuit in beeld verscheen.

"Ik hou niet zo van injecties," prevelde ze aarzelend.

Vigo haalde zijn schouders op. "Ik zal het toch even moeten verdoven en ik ga je straks ook tegen tetanus prikken."

Sanne trok haar arm weg. "Verdoven is helemaal niet nodig," zei ze bits. "Het gaat best zonder."

Hij keek haar alweer indringend aan. "Oké, wat je wilt, maar dat wordt geen pretje zo. Nou, doe je ogen maar dicht dan."

"Mijn ogen dicht? Waarom?"

"Ik doe dit nog niet zo lang, ik kan er niet tegen als mensen op mijn vingers kijken."

"Oh..." mompelde ze verward. Was dat niet een beetje raar voor een dokter? Die moesten daar toch tegen kunnen?

"Nou, kom op," zei Vigo op bevelende toon. "Ik ga de wond nu hechten."

Sanne deed gehoorzaam haar ogen dicht en wachtte met een wild kloppend hart op de onplezierige dingen die komen gingen.

Ze voelde een venijnige prik in haar arm en daarna was het alsof er een hete draad door haar vlees ging. Hè bah, dat hechten voelde bijna net zo als een injectie. Wat een ellende!

Ze hoorde Vigo met spullen ritselen en deed stiekem een oog open, maar hij zei meteen: "Ogen dicht, dametje."

Ze voelde een tweede steek, die gelukkig iets minder pijn deed en opnieuw was er het 'hete draad'-gevoel. Dit was helemaal niet prettig. Hoeveel van die ellendige steken kwamen er nog? Maar dat durfde ze niet te vragen. Ze had immers zelf gezegd dat ze geen verdoving wilde.

"Zo, nu even een paar minuten wachten tot het intrekt," verklaarde Vigo.

"Wat intrekt?" vroeg ze.

"De verdoving natuurlijk. Je denkt toch niet dat ik zonder ga zitten hechten?"

Sanne drukte haar hand tegen haar mond. "Je bedoelt dat ik een prik..."

"Welnee," antwoordde hij losjes. "Ik heb er wat verdovingsvloeistof ingewreven."

Ze deed haar ogen open en keek hem onderzoekend aan. "En dat voelt als een prik?"

"Voelde het als een prik dan?" vroeg hij plagend en weer verschenen die leuke lachrimpeltjes bij zijn prachtige donkere ogen.

Er trok een rode gloed van schaamte over haar wangen en Sanne drukte haar hand tegen haar mond. Hij plaagde haar. En hij had nog gelijk ook. Wat zat zij zich hier aan te stellen, zeg. Waren die twee prikjes nou echt zo erg geweest? Het was hoog tijd dat ze eens een beetje volwassen werd.

En dat ging misschien nog wel lukken ook. Zolang ze naar Vigo keek, was haar lichaam met hele andere dingen bezig dan misselijk worden. Hij was wel erg leuk...

"Vigo, heb je assistentie nodig?" riep de receptioniste vanaf de gang.

"Nee, het lukt wel. Bedankt."

Hij pakte een tangetje en wees op het bed. "Ga maar even liggen, dan kun je je het beste ontspannen. Als het goed is, voel je er nou niks meer van."

Ze ging op het bed liggen en legde haar arm in een met dik rubber bekleed steuntje.

Hij vroeg niet meer of ze haar ogen dicht wilde doen en ging ontspannen aan de slag.

"Vertel eens," zei hij, "heb je gezien dat Ilona op je aan het schieten was?"

"Nee, maar ik heb haar horen lachen. Ze is compleet krankzinnig."

Hij knipte geroutineerd een draadje af. "Heb je het adres van haar arts al weten te achterhalen?"

"Ja, Arno heeft me een briefje gegeven met allerlei nummers. Er zit ook een psychiater bij."

Hij kneep zijn ogen tot spleetjes. "Arno?"

"Dat is Ferdy's broer. Ik heb Ferdy niet te spreken gekregen, want die lag eh... te zonnen."

Vigo begreep meteen wat ze werkelijk bedoelde en hij schudde medelijdend zijn hoofd. "Was hij zo vroeg op de ochtend alweer in de lorum?"

"Nou ja," zwakte Sanne het nog wat af. "Hij sliep enne... we wilden hem niet wakker maken."

"Nee, nee. Alcoholisten drinken nooit wat, moet je maar denken. Dat komt allemaal door de lucht aanvliegen. Net als de calorieën van de volslanke dames trouwens."

"Ik ga straks Ilona's psychiater wel eens bellen," zei Sanne. "Die man moet toch weten dat Ilona op mensen loopt te schieten. Misschien kan hij vanuit Nederland wel regelen dat ze wordt opgehaald."

Ze hoorde zelf hoe hoopvol het klonk en ze besefte dat ze waarschijnlijk wel erg optimistisch bezig was.

Er trok een lachje over Vigo's gezicht. "Ik denk niet dat het zo makkelijk is. Dokters geven geen informatie over hun patiënten. En zeker niet aan wildvreemden."

Hij knipte opnieuw een draadje af en legde de hechtspullen op het matje. "Klaar. Ik zal er een verbandje omheen doen en dan mag je vandaag niet meer gaan werken."

"Oh, dat zal Ricardo leuk vinden. Hij was net al zo boos."

"Niks aan te doen. Je moet er maar even rust mee houden, die wond was dieper dan ik dacht."

Hij draaide geroutineerd een zwachtel om haar arm en zette die met klemmetjes vast.

"Heb je het nummer van Ilona's psychiater?" vroeg hij. "Dan zal ik eens kijken wat ik kan doen."

Sanne viste het briefje met nummers uit haar zak en wees: "Dat is het. Dokter Geuzeveld."

Vigo probeerde de naam na te zeggen, maar gaf zijn pogingen al snel op.

"Nou, ga maar even in de wachtkamer zitten. Probeer ik te bellen. Ze spreken wel Engels, toch?"

"Oh ongetwijfeld. Maar eh..." Er trok een lelijke kramp door haar maag. Ze durfde het haast niet te vragen, maar het moest toch. Ziek worden was veel erger dan een prik. "Zei je... eh... zei je niet dat ik nog een tetanus..."

Hij gaf haar een vrolijke knipoog. "Nee hoor, die heb ik er gelijk met de verdovingsvloeistof ingewreven."

Ze voelde een nieuwe knalrode golf van schaamte over haar wangen trekken en ze sloeg verlegen haar ogen neer.

Hij was in twee stappen bij haar en schoof zijn arm losjes om haar schouders.

"Wat geeft dat nou?" vroeg hij zacht. "We hebben allemaal onze minder sterke kanten."

Zijn lippen raakten heel licht haar brandende wang aan. Of verbeeldde ze zich dat maar?

"Ik ben ontzettend bang voor herdershonden," praatte Vigo verder. "Ik ben als kind zo erg gebeten dat ik ervoor naar het ziekenhuis moest en die angst raak je niet zomaar meer kwijt."

Opnieuw voelde ze zijn lippen op haar wang. Het voelde heerlijk, vertrouwd.

Ze draaide haar hoofd naar hem toe en door die beweging was haar mond ineens heel dicht bij zijn lippen.

Ze hield haar adem in en durfde hem niet aan te kijken.

Zou hij haar kussen?

"Ik vind je erg leuk, Sanne," fluisterde hij. Hij trok haar voorzichtig tegen zich aan en drukte zijn lippen heel zacht op die van haar.

Sanne wist heel even niet wat haar overkwam. Natuurlijk, hier had ze op gehoopt, amper een paar seconden geleden nog. Maar ze had niet gedacht dat hij het echt zou doen.

Vigo trok haar nog dichter tegen zich aan en de warmte van zijn sterke lichaam drong dwars door haar kleren heen. En ze voelde nog iets anders ook. Iets puur mannelijks.

Wat was het lang geleden dat een man haar zo had gekust. Hij rook zo heerlijk en hij smaakte naar koffie en warme zomerzon. Ze verlangde ineens naar meer, veel meer...

Ze kroop dieper in zijn armen en beantwoordde zijn kus vol wild verlangen.

Achter hen klapte de deur open en de receptioniste riep verontwaardigd: "Maar Vigo toch! Kun je weer eens niet van je patiënten afblijven? Dat gaat je nog een keer opbreken, *signore*!"

Sanne week met vuurrode wangen achteruit en ze wierp een verschrikte blik op Vigo.

Maar die haalde losjes zijn schouders op en zei glimlachend tegen de receptioniste: "Als iedereen zich nou gewoon met zijn eigen zaken bemoeit, wordt het hier vast veel gezelliger."

Hij pakte Sannes hand en trok haar mee het behandelkamertje uit.

Met bibberende knieën, die als slappe kauwgom aanvoelden, liet Sanne zich meevoeren.

Maar de receptioniste draafde met hen mee en hield hen in het midden van de grote hal tegen.

"Ik heb een spoedje in twee. Een gewond kind met een hysterische moeder... Wil jij daar even naar kijken?"

Vigo bleef staan. "Tuurlijk wil ik dat." Hij draaide zich naar Sanne om en wees op een deur. "Dit kan wel even duren. Jij kunt het beste naar huis gaan en Ricardo bellen dat je vandaag niet meer komt. Morgen moet hij maar even afwachten. Hangt ervan af hoe het gaat."

Hij gaf haar een vrolijke knipoog en draafde weg.

*

Door het nauwe gangetje liep Sanne terug naar de binnenplaats van Casa di Campagna. Ze was behoorlijk in de war. Haar lippen gloeiden na van Vigo's kus en haar lichaam tintelde overal waar hij haar had aangeraakt.

Maar als een lastige wesp zoemde de stem van de receptioniste door haar hoofd.

"Vigo! Kun je weer eens niet van je patiënten afblijven?"

Weer...

Dat klonk een beetje alsof die receptioniste dat soort scènes al vaker had meegemaakt.

Was Vigo een rokkenjager?

Had Hedy haar destijds in dat mailtje voor Vigo willen waarschuwen en niet voor Ricardo?

Sanne zuchtte diep. Best kans dat Hedy in de haast die twee namen door elkaar gehaald had. Dat gebeurde haar immers ook wel eens met mailen. Een foutje was zo gemaakt en als je het dan niet meer nalas, ging je post vol missers de deur uit.

Ricardo was zo'n stuk sacherijn, ze had zich al dagen lopen afvragen hoe die vent in vredesnaam ooit aan de benaming 'rokkenjager' was gekomen.

Oké, hij zag er goed uit, maar 'Eeuwige Mopperkont' was meer op zijn plaats.

Zou Vigo echt...

Irma beweerde dat zij met Vigo ging. Vigo had dat in alle toonaarden ontkent, maar toch... Waar rook is, is vuur, zeiden ze wel eens.

Nou, daar was ze weer mooi klaar mee!

Ze kwam op de binnenplaats van Casa di Campagna en knipperde in het plotselinge felle zonlicht.

160

Daarna richtte ze haar ogen bijna automatisch op haar voordeur.

Nee hè, de fiets was weg. In plaats daarvan hing er een gelig
velletje papier op de muur.

Oh help, wat had die ellendige Ilona nu weer voor rottigs bedacht?

Sanne rende naar het appartement en haar ogen flitsten over
het briefje.

Ha die Sanne!
*Geen zorgen hoor. Ik zag Hedy's fiets hier nog steeds staan en
omdat ik toch even bij de fietsenmaker moet zijn, heb ik hem
gelijk maar meegenomen. Ik neem een leenfiets voor je mee terug.*
Tot straks!
Camiel.

PS. Dit gaat je wel een etentje kosten.

Sanne haalde opgelucht adem. Nou, Hedy's dure fiets was gelukkig veilig.

Ze draaide haar deur van het slot en bleef een paar tellen
aarzelend staan. Stel je voor dat Roger weer in de gang zat?
Midden in de troep.

Ze kneep haar lippen op elkaar. Verdraaid, als ze zo doorging,
was ze *in no time* net zo gek als Ferdy! Dan liep ze straks de
hele dag over haar schouder te kijken of ze niet beschoten werd
en 's nachts deed ze geen oog meer dicht bij het idee dat er iemand naar binnen kon sluipen.

Het was maar te hopen dat Vigo bij Ilona's psychiater wat gedaan kon krijgen. Als hij intussen tenminste niet zwaar onder de indruk geraakt was van zijn volgende patiënte en vergat om het beloofde telefoontje te plegen.

Over telefoontjes gesproken, ze moest Ricardo nog bellen dat ze vandaag niet kwam.

Ze stapte naar binnen en liep eerst het hele appartement door om te controleren of alles in orde was.

Daarna zette ze de computer aan en terwijl die vrolijk brommend opstartte, belde ze naar haar werk.

Gelukkig kreeg ze de badmeester aan de lijn en die was zo aardig om haar veel beterschap te wensen voor hij de telefoon weer neerlegde.

Nou, viel dat even mee!

Sanne klikte haar monitor aan en logde in om haar post te bekijken.

--- Bericht ---
Van: "Sjoukje Vermeulen"
Aan: "Sanne ter Horst"
Onderwerp: Ik ben onderweg!

Ha die Sanne,
Hou je maar vast! Als je dit leest zit ik met David in het vliegtuig op weg naar jou toe. Ik werd gék van de regen hier.
Ik heb er toch zo'n zin in om je weer te zien en samen lekker aan het strand te liggen!
Tot gauw!
Liefs van Sjoukje.

Hè? Sjoukje was onderweg? Maar dan kon ze elk moment voor haar neus staan.

Oh help, dat was toch helemaal geen goed idee met die mafketel van een Ilona in de buurt?

Sjoukje was ook bij die ellendige barbecue geweest. Alle kans dat Ilona haar ook wat wilde aandoen. En David...

Die lieve kleine David mocht hier geen slachtoffer van worden! Misschien kon ze Sjoukje nog tegenhouden?

Ze pakte haastig de telefoon en draaide tegen beter weten in Sjoukjes nummer.

"Vermeulen," zei een bekende mannenstem hijgend.

"Jelle, met Sanne. Is..."

"Ah Sanne. Heeft Sjoukje je al gebeld dat ze geland is?"

"Nee, dat niet. Maar..." Sanne slikte moeilijk. Sjoukje was echt al onderweg. Oh help, als dat maar goed ging!

"Wat klink je ernstig, Sanne?" vroeg Jelle ongerust. "Is er iets? Toch geen ongeluk of zo?"

"Welnee, het is allemaal goed, hoor. Tenminste, dat denk ik wel. Hoe laat zou ze hier moeten zijn?"

"Eén uur landen. Op Pisa Airport."

Sanne keek op haar horloge, maar voor ze iets kon zeggen, zei Jelle: "Ik stond op het punt de deur uit te gaan. Ik was eigenlijk al buiten toen ik de telefoon hoorde, dus als je het niet erg vindt, hang ik weer op."

"Ik maak me zorgen, Jelle. Vanwege Ilona."

Het was even stil aan de andere kant van de lijn. "Ilona? Bedoel je Ilona de Groot?"

Sanne duwde een loshangende lok haar uit haar ogen. "Ja, die loopt hier in de buurt rond en ze doet eh... behoorlijk raar."

"Raar?" zei Jelle met een stem vol vraagtekens.

Sanne aarzelde voor ze verder praatte. Had het nog zin om Jelle te vertellen wat er was gebeurd? Sjoukje kon ze er niet meer mee tegen houden.

"Nou kom op. Wat wil je zeggen?" drong Jelle aan.

Sanne schraapte haar keel. "Ja, weet je, het klinkt gek, maar... Ilona heeft vandaag op me geschoten."

"Geschoten? Ilona?"

"Ja, met pijl-en-boog."

"Met..." Ze hoorde Jelle slikken. "Waarom in vredesnaam?"

"Ze zit ook al achter Ferdy aan. We denken dat ze op wraak uit is. Vanwege die rottige barbecue."

"Oh, dat is niet zo mooi. Dat had je dan beter even kunnen melden."

"Dat heb ik toch gedaan. Tenminste, Sjoukje weet dat ik Ilona hier ben tegengekomen. En ze weet ook van Ferdy. Verdraaid Jelle, ze had beter even kunnen overleggen in plaats van zomaar op het vliegtuig te stappen."

Jelle snoof hoorbaar. "Daar ben je nu een beetje laat mee, Sanne. Ik krijg net een sms op mijn mobiel binnen dat ze in Pisa zijn. Ik kan moeilijk bellen dat ze maar weer rechtsomkeer moeten maken."

Er klonk gestommel bij de deur en Sanne draaide zich om alsof ze door een krokodil werd gebeten. Als dat Ilona was, dan zou ze...

"Sorry," zei Vigo en hij lachte wat verontschuldigend naar haar. "Ik wilde je niet laten schrikken."

Sanne voelde haar hart een tel overslaan. Vigo was knap en hij kon geweldig kussen...

"Heb je nieuws?" vroeg ze in het Italiaans.

Hij knikte.

"Wat zeg je Sanne?" vroeg Jelle in haar oor.

"Ik had het even tegen iemand anders," zei Sanne in de hoorn van de telefoon. "Ik eh... ik ga Sjoukje en David straks wel van de trein halen. En dan hoor je nog wel, oké?"

"Nee, wacht even!" riep Jelle. "Sjoukje heeft een taxi genomen. Veel te veel gedoe met zo'n kleintje in de trein."

"Oh, dan wacht ik hier op haar. Hé doei."

"Doei Sanne. Succes met je studie."

Sanne legde de hoorn terug op de haak en keek even nadenkend voor zich uit. Van Jelle hoefde ze niet veel steun te verwachten. Die zag het niet zo somber in, dat was wel duidelijk. En Jelle had Ilona laatst nog gesproken.

Zag zij, Sanne, soms beren in het bos die er helemaal niet waren? Zoals ze net op de binnenkomst van Vigo had gereageerd... Dat was best een beetje overtrokken.

"Koffie," kondigde Vigo aan en hij zette een verse kop cappuccino voor haar neer.

"Mijn vriendin komt zo uit Nederland," flapte Sanne eruit, "met haar baby."

Vigo's gezicht klaarde op. "Nou, dan heb je wat gezelschap. En heeft Ilona minder kans om hier de konijnenpoep door de gang te smijten."

"Zou je denken? Sjoukje was ook bij die barbecue. Best kans dat Ilona haar ook de schuld geeft." Ze nam een slok van haar koffie. De drank was heet en verrukkelijk.

Vigo was niet alleen knap, maar hij kon ook geweldig lekkere koffie maken.

Het was alleen even de vraag hoeveel dames hij 's morgens al op een ontbijtje had getrakteerd.

Nou ja zeg, wat had zij daarmee te maken? Hoog tijd om terug te gaan naar de werkelijkheid, Sanne ter Horst!

Ze nam nog een slok van de cappuccino en vroeg: "Heb je die psychiater nog gebeld?"

"Ik niet," antwoordde Vigo langzaam. "Ik ben nog geen arts. Het hoofd van de EHBO-post heeft contact met hem gehad."

"En?"

"Die psychiater verklaarde dat Ilona psychisch weer kerngezond is. Ze heeft de grote klap die het leven haar heeft toegebracht op een formidabele manier verwerkt. Hij had alle bewondering voor haar."

Sanne streek vermoeid over haar ogen. "Nou, daar schieten we dan niks mee op."

"Nee," zei Vigo, "het was zelfs nog sterker. Toen mijn hoofdarts naar dat straatverbod vroeg, vertelde de psychiater dat het naar zijn mening om een ernstige gerechtelijke dwaling gaat. Een labiele dronkaard met achtervolgingswaanzin die zijn patiënte valselijk had beschuldigd. Ze waren er blijkbaar volop mee bezig, om het vreselijke onrecht weer ongedaan te krijgen."

Sanne beet op haar vinger.

Een labiele dronkaard met achtervolgingswaanzin...

Dat was natuurlijk wel een rake typering van Ferdy's huidige toestand. Als je 's morgens zo vroeg al niet meer aanspreekbaar was, dan was je een behoorlijk eind heen.

Vigo stond op. "Ilona komt op mij eigenlijk ook vrij normaal over. Natuurlijk ventileert ze extreme ideeën over jullie barbecue-avond en ze zat je ook behoorlijk af te kammen, maar gezien haar verminkingen vind ik dat niet echt raar. Haar hele leven is in één klap totaal anders geworden. Je moet je frustratie dan toch ergens kwijt."

"Maar ze heeft wel op me geschoten! Dat kun je toch niet normaal noemen?"

Vigo rekte zich uit en haalde zijn beide handen door zijn haar. Door de beweging kreeg Sanne een geweldig uitzicht op zijn mooi gespierde lichaam en ze slikte moeilijk.

"Je hebt haar niet zien schieten, toch? Je hebt alleen gelach gehoord."

"Ja, maar ik weet zeker..." Ze stopte met praten. Wist ze dat eigenlijk wel zo zeker? Het was zo'n rare demonische lach. Bijna onwerkelijk.

Stel je voor dat het iemand anders was geweest? Ferdy misschien in een drankdelirium? Nee, dat kon niet. Ferdy had compleet voor pampus gelegen. Zo'n toestand kon je niet spelen? Toch?

Maar Ferdy was wél goed in boogschieten. Hij had jaren op zo'n vereniging gezeten en zelfs wedstrijden gewonnen. Nee, dan kon het Ferdy echt niet geweest zijn. Die had geen vijf pijlen nodig gehad om haar eindelijk eens te raken. Die had haar in één keer...

Ze rilde heftig.

Nee, het moest Ilona zijn geweest. Dat kon niet anders.

De conclusie was blijkbaar in lagen van haar gezicht te scheppen, want Vigo zei plotseling: "Ik heb eigenlijk meer vertrouwen in die arts, dan in die praatjes van je ex."

Terwijl Sanne zijn woorden liet bezinken, klonken er stemmen

op de binnenplaats die werden vermengd met het vrolijke gekraai van een baby.
Sjoukje. Daar was Sjoukje!

HOOFDSTUK 8

"Sjoukje, heb je al bericht van Hedy over Vigo?" vroeg Sanne een week later.

"Nee, er is nog niks," antwoordde Sjoukje. "Ik ben eigenlijk net zo benieuwd als jij. Ik vind die baas van je ook maar een ouwe nurk. Wel het type 'rokkenjager' qua uiterlijk. Maar als je hem een beetje beter leert kennen, hoef je al niet meer."

Ze ging naast Sanne op de bank zitten. "Maar Vigo komt op mij ook niet echt als een vrouwengek over. Hij is heel correct en zo."

Sanne slaakte een diepe zucht. "Dat komt misschien omdat jij met koeien van letters 'getrouwd' op je voorhoofd hebt staan. Die receptioniste was wel heel duidelijk, hoor." Ze trok een raar gezicht en zei met een hoog stemmetje: "Maar Vigo toch! Kun je weer eens niet van je patiënten afblijven?"

Sjoukje grinnikte. "Wat zei Vigo eigenlijk terug?"

"Dat ze zich met haar eigen zaken moest bemoeien."

"Oei!" schrok Sjoukje. "Dat klinkt alsof die beschuldiging best eens waar kan zijn."

Sanne drukte haar hand tegen haar lippen. "Dat is wel ontzettend jammer. Hij kan formidabel kussen."

Sjoukje schoot in de lach. "Ik mag over mijn Jelle ook niet klagen."

Sanne lachte met haar vriendin mee. Het was heerlijk dat Sjoukje er was. Alles ging zo vertrouwd, zo ontspannen. Net als vroeger toen ze jaren in volle harmonie samen een etage hadden gedeeld.

Alleen uitslapen was er niet meer bij, want David stond om

halfzeven 's morgens al in zijn bedje te springen en hij maakte daarbij kabaal genoeg om een hele collegezaal vol ingedutte studenten wakker te krijgen.

Zelfs met oordopjes in lukte het Sanne niet om door het gekraai heen te slapen.

Het was ook jammer dat er niet veel tijd was om samen gezellige dingen te doen, zoals wandelen of winkeltjes kijken. Want als ze niet naar haar werk moest, zat ze toch wel vaak rijtjes werkwoorden en zinnetjes te leren.

Maar het was heerlijk om na een drukke middag thuis te komen en dan zo aan tafel te kunnen schuiven.

Sanne streek een pluisje van haar broek. Ze voelde zich prima vandaag! Haar arm was volgens het boekje aan het genezen en haar knie deed ook weer netjes wat er van hem verlangd werd.

Zelfs Ilona gedroeg zich voorbeeldig. Die maakte gezellige praatjes met Sjoukje, aaide David geregeld over zijn bolletje en deed zelfs heel vriendelijk tegen Sanne.

Sanne vroeg zich steeds vaker af of ze het zich niet allemaal had ingebeeld. Oké, Ilona kon nog steeds verschrikkelijk zeuren, maar het was toch idioot om te denken dat ze willens en wetens de levens van andere mensen wilde vernietigen?

Misschien had die psychiater toch wel gelijk. Best mogelijk dat Ferdy aan achtervolgingswaanzin leed. En zij was zo gek geweest om zijn dronkenmanspraatjes voor zoete koek te slikken. Dat hele gedoe met die pijl-en-boog was vast een ongelukje geweest. Waarschijnlijk een stel opgeschoten kinderen die niet beseften dat die pijlen behalve reuze spannend ook nog eens levensgevaarlijk konden zijn.

"Wil je nog een kom tomatensoep?" vroeg Sjoukje. "Of moet

je al weg?"

Sanne keek op haar horloge. "Het kan nog wel heel even. Ik vind het gezellig met z'n drietjes. Zal ik dat baantje anders maar gewoon opzeggen en een beetje vakantie gaan houden? Ik moet er straks in september vol tegenaan."

"Ik weet niet of Hedy dat leuk zal vinden."

"Nou, ik geloof niet dat Ricardo ook maar één traan om mij zal laten. Ik kan niks goed doen in zijn ogen. Ik baal me een partij van die vent, dat wil je niet weten."

Sjoukje lachte. "Volgens die leuke badmeester is dat helemaal wederzijds. Ricardo klaagt dat je altijd maar ziek, zwak en misselijk bent. En dat je je doktersvriendje als alibi gebruikt om lekker op je luie gat te kunnen blijven zitten."

Nog nagrinnikend haalde Sjoukje twee kommen gloeiend hete tomatensoep uit de keuken en zette er eentje voor Sanne neer.

Sanne keek haar vriendin met een dankbare glimlach aan en trok daarna een zuur gezicht. "Mooi praatje van die bad-meester. Dan mist Ricardo me vast niet als ik opzeg. En trou-wens, ik ben nooit officieel aangenomen ook. Ik heb eigenlijk wel wat leukers te doen dan de hele dag met dienbladen rond te rennen en me door dat stuk verdriet van een Irma te laten commanderen."

"Is ze nog steeds zo vervelend?"

"Dat wil je niet weten," zuchtte Sanne verontwaardigd. "Ik ren me suf om aan alle grilletjes van die trien te voldoen. En als ik maar een seconde ademhaal, staat zij zich alweer bij Ricardo over mij te beklagen. Volgens mij valt ze op hem."

Ze stopte een paar tellen met praten en vervolgde: "Tegen Irma doet hij trouwens ontzettend aardig. Misschien is hij wel gewoon een rokkenjager die mij toevallig niet ziet zitten."

Sanne stond abrupt op. "Weet je wat ik doe? Ik ga Ricardo bellen en vragen hoeveel opzegtermijn ik heb. Ik wil hem ook niet zomaar in de steek laten. Dat is niet netjes."

"Maar dan kun je minder Italiaans oefenen," waarschuwde Sjoukje.

"Ik heb daar alles al geleerd wat ik leren kon," antwoordde Sanne en ze ging met haar toneelstemmetje verder: "Schiet eens op met die koffie, *signorina*! Ik wil onderhand mijn gebak ook wel eens. Moet die taart soms nog gebakken worden of hoe zit dat?"

Ze moest er zelf om lachten en besloot: "Daar ga ik vast veel aan hebben als ik hier straks als productmanager aan het werk ben. Dan is het mijn beurt om de serveersters het leven zuur te maken."

"Je was zeker Irma aan het napraten?" informeerde Sjoukje grinnikend.

"Klopt als een bus. Wat die allemaal weet te bedenken om mijn Italiaanse woordenschat uit te breiden... Want in de strandtent praat ze uitsluitend van dat rappe Italiaans tegen me, in de hoop dat ik met het verkeerde aan kom zetten. Wel een goeie oefening trouwens, dat moet ik dat tutje nageven."

Sanne tikte al pratend een nummer in en door ervaring wijs geworden, hield ze de hoorn een flink eind van haar oor.

"Ricardo? Met Sanne. Ik wil graag weten hoelang mijn opzegtermijn is."

"*Brava*!" schreeuwde Ricardo zo hard dat ook Sjoukje van zijn kreten kon meegenieten. "Ik dacht dat je het nooit zou vragen. Je kunt meteen wegblijven, hoor. Voor jou tien anderen!"

Er klonk een droge klik en de lijn viel stil.

Sanne legde de hoorn weer op de haak. "Ik had gelijk. Hij gaat me missen als kiespijn."

Sjoukje keek haar met samengeknepen ogen aan. "Bedoel je dat je op staande voet..."

Sanne snoof. "Yep, op staande voet. Ik ga straks mijn geld nog even halen en dan kunnen we morgen lekker met z'n drietjes een dagje naar Florence. Ik wil nou die beroemde David wel eens in het echt zien."

"Daar hoef je niet zo'n eind voor te reizen, hoor," grapte Sjoukje. "Zo te ruiken is kleine David hard aan een verschoning toe, dus geneer je vooral niet."

Sanne dronk lachend haar kopje leeg en hielp daarna om David te verschonen.

*

Die middag zaten Sanne en Sjoukje samen in de schaduw van de hoge boom op de binnenplaats, terwijl David zijn dutje deed.

Sanne zat met een koptelefoontje op haar hoofd zinnetjes te leren en Sjoukje was verdiept in een spannende liefdesroman.

De grote toegangsdeur van Casa di Campagna zwaaide open en er stapte een man de binnenplaats op. Hij bleef op de drempel staan en keek zoekend om zich heen.

Sanne was veel te druk met haar les om ergens anders aandacht voor te hebben, maar Sjoukje keek op en stootte Sanne aan. "Volgens mij komt Ferdy eraan."

Sanne trok de koptelefoon van haar hoofd en klikte haar discman uit. "Wat zeg je?"

Sjoukje wees. "Daar heb je Ferdy."

"Ferdy? Wat moet die nou hier?"

"Hij zal wel voor jou komen, denk je niet?" Sjoukje stak haar armen in de lucht en begon overdreven te zwaaien.

Ferdy wuifde terug, trok de deur achter zich dicht en stapte met doelbewuste passen op hen af.

Sanne bekeek hem met gemengde gevoelens. Wat wilde Ferdy van haar? Ze had al genoeg ellende met hem gehad. Moesten ze nou alles weer gaan oprakelen? Maar terwijl ze dat dacht, was er ook een heel klein stukje in haar ziel dat ontzettend blij was om hem te zien. Ze hield van hem!

Welnee, hoe kwam ze bij de onzin? Die liefde was onderhand echt over. Toch?

Wat liep Ferdy trouwens in een keurige rechte lijn. Alsof hij de hele dag nog niks gedronken had.

Ze snoof zachtjes. Dat zou ze zich wel inbeelden.

"Hoi Sjoukje," groette Ferdy opgewekt. "Hoi Sanne. Hoe is het?"

"Best hoor," antwoordden Sjoukje en Sanne tegelijk.

"Mag ik erbij komen zitten? Ik wilde graag even met Sanne praten."

Sanne had er niet veel zin in. Ze wilde niet horen wat Ferdy kwam doen. De herinnering aan alles wat ze vroeger samen hadden gehad, deed nog steeds pijn. Bovendien was ze met een lastig stukje grammatica bezig en daar ging ze het liefste ongestoord mee verder. Het verleden was allang voorbij, zij was bezig om aan haar toekomst te werken! Een toekomst zonder Ferdy...

Maar Sjoukje sprong enthousiast op en wees op het zitje in het midden van de patio. "Als jij daar even een stoel haalt, regel ik een sapje. Of heb je liever cola?"

Sanne had vast verwacht dat Ferdy subiet om een driedubbele jenever met ijsklontjes zou vragen en zijn antwoord verbaasde haar dan ook hogelijk.

"Doe maar cola," zei Ferdy.

Sanne trok een wenkbrauw op. Zou hij ziek zijn of zo? Of was ze nu wel erg sarcastisch bezig?

"Ik voel me kiplekker, hoor," reageerde Ferdy opgewekt en hij wandelde weg om een stoel te gaan pakken.

Ze keek hem verbaasd na. Was haar gezicht zo'n open boek voor hem of had ze dat zinnetje soms hardop gezegd?

"Je zei het hardop," verklaarde Sjoukje. "Wil jij ook nog wat drinken?"

"Ja, een sapje gaat er nog wel in."

"Oké, dan kijk ik gelijk even of David al wakker is." Sjoukje pakte haar boek op en liep naar binnen.

Ferdy schoof een stoel naast Sanne en ging zitten.

"Ik eh... ik ben een ontzettende sukkel geweest," viel hij met de deur in huis.

Ze keek hem verbaasd aan. "Oh ja?" mompelde ze vaag.

"Ik sta al vier dagen droog en dat ik ga volhouden. Dat beloof ik je."

Sanne wist niet goed wat ze daar nou op moest terugzeggen. "Dat is eh... dat is mooi," prevelde ze. "Verstandig van je, bedoel ik."

"Ik had je nooit moeten laten gaan. Dat was de grootste vergissing van mijn leven. Ik wil je terug. Ik hou van je."

Sanne drukte haar vingers tegen haar lippen. "Maar... maar

Ferdy," fluisterde ze ontdaan en daarna wist ze niks meer te zeggen.

Hij wilde haar terug. Hij hield nog van haar. Maar zij... Wat wilde zij eigenlijk?

In haar hoofd werd het ineens een geweldige chaos. Een bijenzwerm van onwerkelijke stemmetjes gonsde krijsend door elkaar. "*Je houdt van hem,*" riep er eentje.

"*Nee!*" gilde een ander. "*Je gaat je ongeluk tegemoet met die vent. Hij is een drankorgel. Vertrouw hem niet!*"

"*Maar je houdt van hem!*" krijste de eerste weer. "*Echte liefde wint altijd!*"

Sanne sloeg haar hand voor haar ogen en de gedachten dwarrelden ordeloos door haar geest, als duizenden afgevallen blaadjes in een felle herfststorm.

"Ik begrijp dat ik je overval," zei Ferdy zacht. "Je hebt van mij al in geen jaren meer een normale zin gehoord. Ik bedoel, iedere keer als we elkaar in de afgelopen dagen tegenkwamen, was ik beneveld." Hij streek met zijn vingers door zijn haren. "Maar vandaag ben ik nuchter en ik meen elk woord."

Sanne kreeg haar stem terug. "Hoe kom je daar nou zo ineens bij?" prevelde ze helemaal in de war. "Vorige week lag je 's ochtends al..."

Ze maakte de zin niet af, maar Ferdy vulde haar woorden aan: "Lag ik 's morgens vroeg al voor pampus, ja. Irene vertelde dat je geweest was. Dat jij je zorgen maakte over mij."

Hij slaakte een diepe zucht. "Arno heeft ook met me gepraat. Het is net of er een gordijn opgetrokken is. In mijn hoofd." Hij beet op zijn lip. "Ik zie het allemaal ineens weer scherp."

Er klonken voetstappen en Sjoukje zette een dienblad met frisdrank op het tafeltje. "Ik ben nog wel een poosje met David bezig," zei ze met een korte blik op Sanne en ze haastte zich de deur weer in.

"Ik heb je nodig, Sanne," praatte Ferdy heftig verder. "Ik kan dit niet alleen. Ik heb een vrouw nodig die er voor me is en me helpt om van dat gif af te blijven. Een vrouw die van me houdt." Hij sprong overeind en zakte voor Sanne op zijn knieën. "Ik... ik weet dat ik je dit al eerder heb gevraagd en dat ik eigenlijk geen recht heb, maar... ik hou zoveel van je. Ik heb je nooit meer uit mijn hoofd kunnen zetten. Ik kon geen andere vrouw meer aanraken. Wil je alsjeblieft met me trouwen, Sanne?"

Hij keek haar intens verliefd aan met twee vochtige blauwe ogen.

Sanne zat als vastgenageld op haar stoel onbeweeglijk naar hem te staren, maar diep in haar binnenste borrelde er een geweldige emotie naar boven. Ze wilde hem vastpakken, zijn tranen weg kussen, zeggen dat ze ook van hem hield. En tege-lijkertijd had ze de onbedwingbare neiging om hem te slaan, hem te straffen voor al die nachten dat ze wanhopig om hem had liggen huilen. Ze wilde door zijn haren strelen, maar ze ook uit zijn hoofd rukken. Ze wilde hem kussen en pijn doen tegelijk.

"Waarom zeg je niks, Sanne?" fluisterde hij.

Omdat er niks te zeggen was...

Nee!

Omdat er zo ongelooflijk véél te zeggen was!

Ze schudde rillend haar hoofd. "Ik weet het niet, Ferdy. Ik... ik heb tijd nodig." Haar stem was zo schor, ze kon hem bijna zelf niet horen.

Maar hij leek het te begrijpen. Hij stommelde overeind, pakte een glas van het blad en gaf het haar. "Hier, drink maar wat. Daar knap je van op."

Ze zette het glas bibberig tegen haar lippen en voelde hoe de ijskoude vloeistof via haar tong haar keel binnengleed.

Ze rilde opnieuw.

Al die slapeloze nachten vol verdriet en eenzaamheid had ze hierop gehoopt. Woelend en zwetend had ze naar hem verlangd, gehoopt dat hij terug zou komen en zeggen dat hij toch niet zonder haar kon. En nu was hij eindelijk bij haar en hij zei de woorden waarvan ze alleen maar had kunnen dromen.

Hij wilde met haar trouwen. Maar zij? Wilde zij dat ook?

Hield ze nog van hem? Of waren al haar gevoelens voor hem met haar tranen weggespoeld?

Ferdy ging op het stoeltje naast haar zitten en dronk zwijgend zijn cola op.

Hij zette zijn glas terug op het blad en kwam langzaam overeind. "Ik eh... ik laat je een poosje alleen. Maar ik kom terug en dan verlang ik naar je antwoord."

Ze knikte zwijgend.

Hij aaide haar over haar haren en ze huiverde onder zijn aanraking.

Daarna liep hij met afgezakte schouders, maar met vaste passen, over de binnenplaats naar de uitgang.

Ze keek hem met brandende ogen na. Waarom riep ze hem niet terug? Waarom schreeuwde ze niet dat ze gek op hem was? Dat ze ondanks alles nog steeds van hem hield?

"Heb je nee gezegd?" klonk Sjoukjes stem onverwacht achter haar.

Met haar ogen nog steeds op Ferdy gericht, vroeg Sanne: "Heb je alles gehoord dan?"

"Nee, ik heb helemaal niks gehoord, maar als een man op zijn knieën voor een vrouw gaat zitten, hoef je geen waarzegster te zijn om te weten waar het over gaat."

"Ik heb nog geen antwoord gegeven. Ik weet het gewoon niet. Ik..." Ze keek Sjoukje aan. "Ik heb aan de ene kant die geweldige drang om in zijn armen te kruipen, maar aan de andere kant..."

Sjoukje glimlachte troostend. "Dat snap ik best, Sanne. Er is heel wat gebeurd en dit komt natuurlijk totaal onverwacht. Je moet jezelf gewoon een beetje tijd gunnen om alles rustig op een rijtje te zetten."

"Maar als ik écht nog van hem hield... Dan had ik toch wel gelijk ja gezegd? Waarom kreeg ik dat simpele woordje niet uit mijn keel?"

"Omdat het al eens eerder wél uit je mond gekomen is. En daarna is het allemaal anders gelopen dan je had gedroomd. Lijkt me logisch dat je nu de nodige bedenkingen hebt."

Sanne draaide haar blik weer naar de grote toegangspoort in de verwachting dat Ferdy al lang en breed vertrokken zou zijn.

Maar dat was niet zo. Hij stond op de drempel met een vrouw te praten. Irma misschien?

Oh help! Hij was Ilona toch niet tegen het lijf gelopen?

Nee, dat was Ilona niet. Het leek Irene wel. Wat moest die nou hier? En kijk, daar kwam Arno ook al aanrennen.

Raar.

"Is dat Arno?" vroeg Sjoukje.

"Ja, dat geloof ik wel. Met zijn vrouw Irene. Maar ik snap

niet... Oh, ze komen hierheen."

"Nou, dan zal ik zo maar een flinke pot koffie gaan zetten," zei Sjoukje praktisch. "Of zouden ze ook liever fris willen?"

Sanne schudde haar hoofd. "Wacht daar maar even mee. Ik heb helemaal geen zin in visite. Ik wil gewoon weer met mijn les verder."

Maar ja, de drie mensen stapten doelbewust naar Sanne toe en ze kon moeilijk naar binnen rennen en net doen of ze hen niet gezien had.

Toch voelde ze zich erg ongemakkelijk worden. Stel je voor dat Ferdy zijn aanzoek met Irene en Arno had besproken?

Kwamen ze nu met z'n allen terug om haar te overtuigen dat Ferdy de enige juiste levenspartner voor haar was?

Met een beleefd lachje op haar gezicht keek ze zuchtend naar het naderende groepje.

Hé, wat was dat nou? Wat zag Irene er raar uit? Haar haren waren in de war en het leek wel of ze huilde?

"Basje," snufte Irene, zodra ze binnen gehoorsafstand was. "Hebben jullie Basje gezien?"

Sanne schrok. Was Basje weg? "Nee, ik heb Basje hier niet gezien."

"Hij zat voor de deur van de caravan met een schepje te spelen," legde Irene paniekerig uit. "Ik moest heel even naar de wc. Ik ben hooguit een minuut weggeweest. Toen ik terugkwam, was hij verdwenen." Haar stem eindigde in een nerveuze snik.

"We hebben geroepen en gezocht," nam Arno het van haar over. "Maar hij was nergens meer te vinden. En omdat Ferdy net naar jou toe was, dachten wij dat hij misschien achter

Ferdy was aangelopen."

"Ik heb hem niet gezien," verklaarde Ferdy. "Maar ik heb er ook niet op gelet of er iemand achter me aan kwam. Ik was met mijn gedachten mijlenver weg."

"We zijn langs het zwembad gelopen," snikte Irene. "Maar daar was hij ook niet. Oh, als hij maar niet naar de zee gegaan is."

"Nemen jullie altijd een vaste route naar het strand?" vroeg Sjoukje.

Irene knikte. "Ja, het pad naar het restaurantje waar Sanne werkt."

"Dan is het 't meest logisch dat hij de vertrouwde weg gelopen heeft," zei Sjoukje geruststellend, "dan komt hij op het bewaakte deel uit en dan vangt de badmeester hem zeker weten op. Misschien zit hij daar al wel. Sanne wil jij bellen? Jij verstaat ze tenminste."

Sanne pakte haar mobieltje van tafel en tikte het nummer van Il Gabbiano in.

Drie tellen later had ze Ricardo aan de lijn.

"Je spreekt met Sanne, Ricardo."

Ze hoorde Ricardo diep inademen, maar voor hij een salvo aan kreten op haar los kon laten, zei ze snel: "Ik bel niet voor mezelf. Is er misschien een kind gevonden? Een jongetje van..."

Ze stopte met praten en keek Irene aan. "Hoe oud is Basje eigenlijk?"

"Twee."

"Hij is twee, Ricardo. Hij heeft donkerblonde krulletjes en hij draagt..." Ze keek weer naar Irene en herhaalde haar zin in het Nederlands.

"Een blauwe spijkerbroek," snufte Irene. "Een rood hemdje...
en van die teenslippertjes. Gele teenslippertjes."

Sanne had geen flauw idee wat het Italiaanse woord voor teenslippertjes was, maar ze gaf de boodschap zo goed mogelijk
aan Ricardo door en zei tegen haar toehoorders: "Hij gaat even
bij de badmeester navragen."

Het duurde een paar minuten voor Ricardo terugkwam.
Minuten, waarin Irene steeds bleker werd.

"Nee," hoorde Sanne hem eindelijk zeggen. "Hier is geen jongetje gevonden. En in de twee posten hiernaast ook niet. Ik zal
nog even naar de haven bellen. Moment."

"Wat zei hij?" vroeg Irene gespannen.

Sanne keek Irene verontschuldigend aan. "Hij is daar niet.
Ricardo belt nu naar de haven."

"De haven? Zo ver kan dat kleine ventje in een halfuurtje nooit
gelopen hebben. Hij heeft maar korte beentjes."

Irene begon nog harder te snikken en Arno legde troostend een
arm om haar schouders.

"Het is mijn schuld!" kreunde Irene. "Ik had hem nooit uit het
oog mogen verliezen. Maar ik moest ineens zo heel nodig. Ik
vond het ook vervelend om dat kind voor een minuut uit zijn
spel te halen."

"Had het maar gedaan," bromde Ferdy.

Arno trok Irene nog dichter tegen zich aan. "Jij kunt hier ook
niks aan doen. Basje is nog nooit weggelopen."

Ricardo meldde even later dat Basje ook niet bij de haven was
gesignaleerd en hij beloofde om de strandpolitie in te seinen.

"Ik bel je op je mobiel als ik wat weet," beloofde hij. "Hoe heet
het kind?"

"Basje. Basje Heiligers."

De naam was aan Ricardo natuurlijk niet besteed en nadat hij drie keer een vergeefse poging had gewaagd om het uit te spreken, liet hij Sanne de naam spellen.

"Begrepen," besloot hij en hij hing zonder groeten op.

Sanne keek naar het toeterende telefoontje. Dit was de eerste keer dat ze een heus gesprek met Ricardo had gehad. De wonderen waren de wereld nog niet uit.

Ze zette de trilfunctie van haar mobieltje aan en stak het gevalletje in haar broekzak.

"We kunnen het beste bij de basis beginnen," stelde ze voor. "Hij is op de camping weggeraakt, dus laten we daar eerst maar gaan zoeken."

"Ik vier vandaag mijn verjaardag," riep ineens een bekende stem achter hen. "Heeft er iemand zin in een stukje taart?"

Sanne keek op en zag Camiel staan. Een eindje verder kwam Vigo ook aanlopen.

Twee prachtige Romeinse hunks. Een knappe blonde en een knappe donkere.

Irenes stem haalde Sanne bijna direct weer uit haar dagdroom. "Mijn kind is weg!" riep ze klagelijk. "Willen jullie alsjeblieft helpen zoeken?"

"Is Basje weg? Oh, wat ellendig voor je," hoorden ze ineens een bekende vrouwenstem op overdreven medelijdende toon zeggen.

Sanne schrok. Dat was Ilona! Dat zou Ferdy leuk vinden.

Ferdy draaide zich demonstratief om en ging naar de takken van de grote boom staan staren, waar een stel kraaien ruzie maakte om een broodkorst.

Maar Ilona trok zich van Ferdy's afwijzende houding niks aan. Ze tikte hem op zijn arm en kweelde: "Wat vreselijk dat je zoontje weg is, Ferdy. Dat is wel het ergste wat een vader kan overkomen."

Ferdy keek haar met vlammende ogen aan. "Wat weet jij van de verdwijning van Basje?" snauwde hij.

Ilona trok met een overdreven gebaar haar sjaaltje recht en lachte. "Wat bedoel je, Ferdy?"

Voor Ferdy iets terug kon zeggen, schoot Irene op Ilona af. "Weet jij waar Basje is? Heb jij hem misschien gezien?"

Ilona schudde haar hoofd. "Nee, sorry. Ik weet niks van Ferdy's zoontje." Ze keek Ferdy triomfantelijk aan.

Sanne stond het tafereel met toenemende verbazing te beluisteren. Verdraaid! Wist Ilona hier meer van?

"Basje is Arno's zoontje, hoor," zei Sjoukje tegen Ilona. "Irene is met Arno getrouwd. Niet met Ferdy."

"Oh," bromde Ilona en ze keek argwanend van de een naar de ander. Alsof ze zich afvroeg of Sjoukje haar wat wijs stond te maken.

"Jij hebt Basje gekidnapt!" schreeuwde Ferdy overspannen. "Om mij dwars te zitten! Als je het kind ook maar één haar gekrenkt hebt, dan zal ik..."

Ilona veegde met een gemaakt lachje een lok kastanjebruin haar achter haar oor. Door de beweging kon je ineens de vuurrode littekens in haar hals heel duidelijk zien.

Daarna snoof ze minachtend. "Denk je nou heus dat ik bang ben voor zo'n dronkenlap? Eén keer blazen en je ligt plat, kereltje."

Ferdy balde zijn vuisten en verloor zijn zelfbeheersing. "Jij gemene heks!" schreeuwde hij overspannen. "Ik wurg je, jij smerige feeks!"

Hij sprong op Ilona af en legde zijn handen om haar nek.

Ilona begon te gillen en schopte heftig om zich heen, maar in zijn drift begon Ferdy steeds harder te knijpen.

Sanne schoot op Ferdy af en greep zijn arm. "Laat haar los, Ferdy. Zo maak je het alleen maar erger. Laat los!"

Maar Ferdy was te sterk voor Sanne en net toen ze zich wanhopig begon af te vragen hoe dit af moest lopen, hoorde ze Vigo's kalme stem. "Laat mij maar even."

Sanne stapte haastig opzij en Vigo greep Ferdy's arm.

Ook Camiel schoot te hulp en samen trokken de twee mannen Ferdy van Ilona los.

Ilona zakte hevig kuchend op een stoel, terwijl Ferdy zich luid schreeuwend uit de stevige greep van Vigo en Camiel probeerde los te worstelen.

Irma kwam op het lawaai aanrennen en sloeg haar armen om Ilona heen. "Willen ze je nou ook nog vermoorden?" riep ze verontwaardigd. "Wacht maar, ik bel de politie!"

Het was Vigo, die de leiding over de chaos op zich nam.

"Nu even geen politie, Irma," zei hij op bevelende toon.

Irma stopte gehoorzaam haar mobieltje weer in haar strandtas en begon Ilona op luide toon te beklagen.

"Arme meid, wat een behandeling krijg je hier. En je hebt al zoveel geleden."

Haar stem werkte als olie op het vuur dat in Ferdy brandde. "Die valse kinderlokster!" krijste hij. "Je moest eens weten wat ze allemaal gedaan heeft!"

"Doe nou rustig, Ferdy," zei Arno. Hij liep op Ferdy af en probeerde zijn broer te kalmeren, maar dat lukte niet erg.

"Neem even over," zei Vigo tegen Arno. "Haal ik iets om hem tot bedaren te brengen."

Vigo rende weg en was binnen drie minuten terug met een flinke injectiespuit.

Hij liep om Ferdy heen, mikte de naald dwars door Ferdy's dunne zomerbroek in zijn bil en spoot hem leeg.

Het duurde niet lang of Ferdy's kreten stierven weg en hij liet zich gewillig naar een stoel leiden.

Ilona snoof en wierp een minachtende blik op Ferdy. "Die vent is rijp voor het huisje, zeg. Dat die nog vrij rondloopt, is gewoon schandalig."

Terwijl Irma luidkeels haar bijval begon te betuigen, kwam Ilona moeizaam overeind en zuchtte dramatisch. "Ik ga een poosje liggen, ik heb zo'n hoofdpijn gekregen van dit melodramatische gedoe."

"Och, kom maar, hoor," fleemde Irma troostend. "Ik zet een lekker kopje thee voor je. Dan kun je even bijkomen."

Sanne keek de twee vrouwen met gemengde gevoelens na. Natuurlijk was het niet goed dat Ferdy zo uit zijn dak was gegaan, maar begrijpelijk was het wel. Ilona zat hem het bloed onder de nagels uit te treiteren.

Ze sprong energiek overeind. "We moeten Basje gaan zoeken."

"Basje?" vroeg Camiel.

Sanne knikte en bracht Camiel en Vigo vlug op de hoogte van de situatie.

"Dan is het me helemaal duidelijk waarom hij zo overstuur raakte." Vigo wierp een begrijpende blik op Ferdy, die suf voor zich uit zat te staren.

Daarna keek Vigo Sanne aan. "Denk jij dat Ilona..."

Sanne stak haar handen in een ik-weet-het-ook-niet-gebaar voor zich omhoog. "Geen idee." Ze wees op Ferdy. "Kan hij zelf terug naar de camping lopen of moeten we hem hier maar een poosje laten zitten?"

Vigo knikte. "Laat hem maar even met rust. Best kans dat hij zo in slaap valt."

"Ik blijf wel bij hem," stelde Sjoukje voor. "Als hij tenminste niet agressief kan worden."

"Nee hoor, zolang Ilona uit zijn buurt blijft, valt dat genoeg mee."

*

Met z'n vijven liepen ze via de EHBO-post van het naastgelegen hotel naar de camping, waar ze de receptioniste op de hoogte brachten van Basjes vermissing.

Het meisje betuigde in alle toonaarden haar medeleven en seinde direct de veiligheidsdienst in.

"We kunnen het beste eerst maar even bij onze stacaravan kijken," stelde Arno voor. "Misschien is hij wel gewoon even aan de wandel geweest en intussen allang weer terug."

Maar Basje was niet bij de caravan.

Dus verdeelden ze met hulp van een plattegrondje het campingterrein in stukken en begonnen met een grondige zoektocht, terwijl Irene bij de stacaravan op wacht bleef zitten voor het geval Basje daar toch nog op zou duiken.

Toen Sanne bij het zwembad stond, klonk ineens de ouverture van de bekende operette *Die Fledermaus*.

"Je mobiel?" vroeg Vigo.

Sanne knikte en griste het telefoontje uit haar broekzak.

"Met Sanne."

"Ricardo hier. Ik denk dat we hem gevonden hebben. Klein jongetje in een blauwe broek en een rood hemdje. Hij huilt erg en we kunnen hem niet verstaan."

"Kun je hem aan de telefoon roepen?" Sanne wenkte Arno, die een eindje verderop met een badmeester stond te praten.

"Arno, kom eens. Misschien hebben ze Basje!"

Arno rende naar hen toe en Sanne zag zijn handen trillen toen hij de mobiel hijgend van haar over nam.

"Basje?" riep hij met een schorre stem. "Basje, ben jij daar?"

Hij tikte op de telefoon en keek Sanne aan met een wanhopige blik in zijn ogen.

"Ze zijn hem vast aan het ophalen," zei Sanne op bemoedigende toon. "Wacht maar gewoon even."

Arno hield de telefoon weer tegen zijn oor. Op zijn hand klopte een adertje in een enorm tempo.

Even later gaf Arno het mobieltje terug aan Sanne. "Ik hoor Italiaans. Ik versta er niks van."

"Ricardo?" vroeg Sanne en luisterde. Alleen een hoop geruis en gerommel.

"Ikke ijsje," klonk opeens een snotterend stemmetje. "Ikke ijsje! Isse boofd."

"Basje," zei Sanne, "hier is papa voor je."

Ze gaf de telefoon terug aan Arno.

Als het Basje nu maar echt was! Straks was het een andere peuter die in de drukte zijn ouders uit het oog verloren had.

"Basje?" vroeg Arno en toen zag Sanne de enorme opluchting

over zijn gezicht trekken.

"Basje!" schreeuwde hij en in die ene kreet kwam alle opge-
bouwde emotie naar buiten.

Sanne voelde haar gespannen schouders naar beneden zakken.
Het was Basje! Hij was veilig.

*

"Fouw ijsje boofd," was het eerste dat Basje zei toen ze hem in
Il Gabbiano kwamen ophalen.

Sanne en Arno keken elkaar veelbetekenend aan, maar Irene
tilde Basje van zijn stoeltje en terwijl de tranen over haar gezicht drupten, knuffelde ze hem alsof ze hem nooit meer los
wilde laten.

"Basje ijsje hemme!" riep Basje en hij worstelde heftig om aan
de stevige greep van zijn moeder te ontkomen, maar Irene liet
hem niet los.

"Fouw ijsje boofd," herhaalde Sanne langzaam. "Dat klinkt als
het bekende kinderlokkergedoe. Je belooft zo'n ventje een ijsje
en het holt zonder na te denkend kwijlend achter je aan."

Arno haalde nerveus een hand door zijn haar. "Hij is nog zo
klein. We hebben hem wel voor dat soort dingen gewaarschuwd, maar ja..." Ze zag hem slikken. "Denk jij dat Ilona...?"

Sanne knikte. "Ja, ik denk wel dat Ilona hier achter zit. Ik zal
de badmeester eens vragen. Die heeft Basje uit het water opge-
pikt."

Maar de badmeester had Ilona die ochtend nog niet gezien en
hij dacht niet dat Irma al langs was geweest.

"Best raar eigenlijk," prevelde hij nadenkend. "Ze is anders elke ochtend al vroeg van de partij."

Hij wist ook niet te vertellen hoe Basje in de zee was beland. Hij had ineens een klein jongetje met zijn schepje het water in zien stappen en was er meteen op af gerend.

"We konden hem niet verstaan," legde hij uit. "Ik heb omgeroepen dat hij gevonden was, maar er kwam niemand om hem te halen. En omdat hij dezelfde kleding droeg als het kind dat als vermist was opgegeven, heb ik Ricardo ingeseind."

Sanne bedankte hem hartelijk en ging terug naar de anderen.

"De badmeester heeft niks bijzonders gezien, dus..."

"Dus denk ik dat we Sjoukje moeten bellen en haar moeten waarschuwen," maakte Arno de zin voor haar af. "Straks is David het volgende doelwit. Sjoukje was toch ook bij die fatale barbecue?"

"Ja, klopt." Sanne griste haar mobieltje uit haar zak en belde Sjoukje.

"Het is hier allemaal goed, hoor," antwoordde Sjoukje ontspannen. "We zitten buiten taart te eten voor Camiels verjaardag. David is hier bij me en Ferdy is ondertussen in slaap gesukkeld. Vigo houdt een oogje op hem."

"Nou, dan komen we zo naar jullie toe," zei Sanne opgelucht. "Snij maar vast een stukje taart voor me af."

HOOFDSTUK 9

Die nacht werd Sanne wakker van een vreemd ritmisch getik.

Nog half slapend lag ze te luisteren naar de rare onbekende geluiden. Een verdwaalde krekel misschien, die op de binnenplaats om een vrouwtje zat te roepen?

Nee, het kwam bij haar raam vandaan.

Ze kwam wat stijfjes overeind en bleef even op de rand van het bed zitten. Ja, daar was het geluid weer. Er tikte iets tegen haar slaapkamerraam. Alsof er iemand steentjes tegen gooide.

Ze liep naar het raam en keek met samengeknepen ogen achter het gordijn. De maan stond als een iel sikkeltje hoog in de lucht en het was donker op de binnenplaats.

Maar daar in de verte... Wat was dat voor vreemde rode gloed bij het zitje onder de boom?

Het leek wel of er iets in brand stond.

Ze schoot een paar slippers aan, sloeg een badjas om en ging haastig naar buiten.

Daar bleef ze al gauw verstijfd staan. Bij het zitje naast de barbecue was een steeds hoger oplaaiend vuur.

Sanne kneep haar ogen opnieuw tot spleetjes in een poging om meer beeld te krijgen, maar dat hielp niet echt. Zonder haar contactlenzen zag ze haar omgeving door een dunne waas en een bril had ze niet.

Dus rende ze naar het vuur en naarmate ze dichter bij de brandhaard kwam, kon ze steeds meer details onderscheiden.

Eerst zag ze dat het een van de rieten stoeltjes moest zijn, dat daar in lichterlaaie stond.

Nee toch!

Zat er iemand op die stoel? Midden in het vuur?

Een man in een vaalbruine broek en een felgeel hemdje.

Maar hoe...

"Hij moet branden!" gilde ineens Ilona's hysterische stem. "Hij zal voelen wat ik heb gevoeld!"

Ferdy? Was het Ferdy?

Oh help! Ilona had Ferdy op die stoel vastgebonden en de boel in brand gestoken!

Ze moest hem helpen!

Struikelend over haar voeten schoot ze op de stoel af en deinsde geschrokken terug door de enorme hitte. Kleine vonkjes spatten alle kanten uit en vulden de binnenplaats met onheilspellende knisperende geluiden.

Sanne begon te klappertanden van angst, maar ze wist dat ze geen keus had. Ze moest verder. Ze moest Ferdy redden!

Ze nam een diepe teug lucht en wilde de vlammen in rennen, maar ineens voelde ze twee sterke armen om zich heen, die haar wegsleurden van het verzengende vuur.

"Laat me los!" gilde ze en ze probeerde zich los te worstelen uit de ijzeren greep. "Ferdy! Ik moet naar Ferdy!"

Maar de armen pakten haar nog steviger beet en Vigo's donkere stem zei op kalmerende toon: "Stil maar, het is een pop. Er is niks aan de hand."

"Hij brandt!" gilde Ilona. "Ga hem dan helpen, als je durft! Ferdy gaat eraan als jij hem niet helpt."

Sanne deed een nieuwe wanhopige poging om los te komen, maar Vigo hield Sanne stevig vast. "Het is een etalagepop, Sanne. Kijk nou maar goed."

Een pop? Maar het leek een mens. Een echt mens! Ferdy!

"Ik kan het niet goed zien," klaagde Sanne. "Ik heb mijn lenzen niet in."

"Kom," zei Vigo dringend. "Weg van dat vuur. Ilona is helemaal gek geworden."

"Gooi haar in de vlammen, Vigo!" schreeuwde Ilona op bevelende toon en ze zwaaide dreigend met haar arm. "Smijt Sanne in het vuur, anders schiet ik je dood!"

In het licht van de flakkerende vlammen zag Sanne opeens de zwarte schittering van glanzend metaal in Ilona's hand.

Een pistool? Had ze een pistool?

Sanne voelde het bloed naar haar hoofd stijgen en daarna als een soort vloedgolf door haar aderen bonken. Dit was niet echt. Dit was gewoon weer zo'n stomme nachtmerrie. Dadelijk werd ze wakker, zwetend in haar bed.

"Leg dat ding weg, Ilona," riep Vigo bevelend. "Maak het nou niet erger dan het al is."

"Als jij niet doet wat ik zeg, Vigo, dan haal ik de trekker over," snauwde Ilona. "Dan schiet ik eerst jou dood en gooi ik Sanne alsnog in het vuur. Kies maar wat je wilt."

"Hè Ilona, kalmeer nou een beetje," zei Vigo. Het klonk alsof hij tegen een verwend kind praatte.

Ilona hoorde het ook.

"Jouw toon bevalt mij niks, Vigo." Ze zwaaide dreigend met het pistool. "Je denkt zeker dat ik gek ben, hè." Ze lachte hysterisch. "Ach, misschien ben ik dat ook wel. Maar ik maak ze allemaal af, die schoften die mijn leven hebben verwoest! En als jij mij in de weg staat, pak ik jou erbij."

Met een smadelijk demonisch lachje klikte ze de veiligheidspal van het pistool en haar gehandschoende vinger kromde zich om de trekker. "Gooi haar in het vuur, Vigo. Anders ga je eraan."

"Schiet maar!" riep Vigo heftig. "Ik hou van Sanne. Zonder haar vind ik er ook niks meer aan."

Sanne trilde over haar hele lichaam. Hoorde ze dat goed? Zei Vigo dat hij van haar hield? Ach, dat riep hij alleen maar om Ilona in de war te maken.

"Sanne," hoorde ze zijn stem ineens zachtjes in haar oor. "Als ze op mij schiet, moet jij heel hard wegrennen. Begrepen?"

Hij drukte een kusje in haar nek en fluisterde. "Ik hou van je."

Sanne wist niet meer waar ze het zoeken moest. Haar hart bonkte in haar keel en het leek wel of haar spieren een eigen leven begonnen waren. Haar voeten voelden als onbeweeglijke ijsklompen, die aan de grond vastgevroren zaten en de rest van haar lichaam maakte vreemde ongecontroleerde bewegingen. Hoe kon ze Vigo nou helpen als haar lijf het niet meer deed?

"Dit is je laatste waarschuwing, Vigo," bitste Ilona. "Ik heb niks tegen jou. Gooi Sanne in de vlammen en jou overkomt niks."

"Schiet dan!" daagde Vigo haar uit. "Schiet dan als je durft."

"Je hebt het zelf gewild!" schreeuwde Ilona en ze richtte het pistool op Vigo's hoofd.

Sanne werd wakker uit haar verdoving. Ze besefte ineens dat dit geen nachtmerrie was. "Nee!" schreeuwde ze overstuur. "Laat Vigo met rust. Ik spring zelf wel."

"Heel verstandig van je," kweelde Ilona liefjes. "Je hebt al genoeg op je geweten."

Heel even ontspande haar vinger zich en ze wees met het pistool op de brandende pop. "Vooruit. Weg met jou."

Vigo liet Sanne onverwacht los, schoot naar voren en deed een greep naar het pistool.

Door de onverwachte beweging verloor Sanne haar houvast en terwijl ze zijwaarts op de grond viel, zag ze een donkere schim achter Ilona opduiken, die haar zonder aarzelen in de nek sprong.

Camiel?

Het pistool viel kletterend op de tegels en terwijl de twee mannen haar in bedwang hielden, begon Ilona hysterisch te gillen. "Vuur! Ze moet in het vuur!"

"Sanne, help me om haar vast te houden," klonk de stem van Camiel. "Dan kan Vigo een spuit gaan halen."

Sanne krabbelde overeind, maar Camiel had haar al niet meer nodig. Door alle herrie waren diverse andere bewoners ook wakker geworden en nu de dreiging van het geladen pistool geweken was, kwam er van alle kanten hulp.

Terwijl Vigo wegspurtte, liep Sanne een beetje wiebelig naar de andere kant van de grote boom waar de brandslang lag.

Ze draaide de kraan open en richtte de straal op het stoeltje met het gloeiende silhouet.

"Nee!" gilde Ilona. "Mijn vuur! Mijn heerlijke vuur."

Ze begon zo heftig te worstelen dat de mannen haar niet meer konden houden. Voor ze er iets tegen konden doen, had Ilona zich losgerukt en stortte zich voorover in de sissende vlammen. De brandende stoel viel om en de vonken spatten alle kanten op.

Terwijl Sanne Ilona zo goed mogelijk probeerde nat te spuiten, gooide iemand een emmer water over de stoel.

De beide mannen kregen weer grip op Ilona en trokken haar weg.

Echt makkelijk hadden ze het niet, want Ilona probeerde zich luid krijsend los te worstelen.

Gelukkig kwam Vigo aanrennen en die mikte zonder aarzelen een flinke injectienaald in haar bil.

Al snel zakte Ilona kreunend in elkaar en de mannen droegen haar naar een ligbed, waar ze als een natte zak met oude vodden bleef liggen.

Onverwacht kwam Irma aanrennen en die knielde naast Ilona neer. "Ach arme meid, hebben ze je nu ook nog helemaal platgespoten?" klaagde ze. "Kijk nou toch eens, je bent helemaal nat en vies."

"De ambulance is onderweg," kondigde Vigo aan. "Irma, kun jij wat kleren voor Ilona halen?"

Irma keek Vigo wat ontdaan aan, maar toen knikte ze. "Natuurlijk, ze heeft schone kleren en toiletspullen nodig. Ik ben zo terug."

Irma draafde met ongekende snelheid weg en kon in haar haast nog maar net een lange man ontwijken, die in hoog tempo van de andere kant aan kwam lopen.

"Dat is onze hoofdarts van de EHBO-post," verklaarde Vigo. "Hij komt even kijken naar wat Ilona hier heeft aangericht. Kan hij dat weer aan zijn Nederlandse collega doorgeven."

De hoofdarts liet zijn ogen onderzoekend over de puinhoop op de binnenplaats gaan en Sanne zag hem hoofdschuddend nog een blik op Ilona werpen voor hij in ijltempo weer vertrok.

Even later hoorden ze een ambulance met loeiende sirene de oprit naar Casa di Campagna op rijden en algauw draafden er twee broeders in witte pakken de binnenplaats op. Ze hielden een brancard tussen hen in.

Vigo legde kort uit wat er aan de hand was en terwijl de broeders de uitgetelde Ilona zorgzaam op de brancard neervlijden, liep Vigo nog even naar Sanne toe.

"Gaat het met je?" vroeg hij.

Ze knikte bibberig. "Ja hoor, ik voel me best. Beetje geschrokken misschien, maar dat is alles." Ze rekte zich langzaam uit en voegde eraan toe: "Arme Ilona, het is helemaal mis met haar."

Vigo knikte. "Ik rijd met de ambulance mee om de papierwinkel te regelen en dan gaan we zo gauw mogelijk proberen om haar naar Nederland te krijgen voor een opname."

Hij glimlachte. "Dan kan iedereen weer een beetje bijkomen van alle commotie."

"Oké, hartstikke goed. Ferdy zal het ook fijn vinden als ze een poosje uit de weg is. Een beetje rust zal hem goed doen."

"We zijn zover," verklaarde een van de ambulancebroeders. "Gaat u mee?"

Vigo knikte. "Ik kom eraan." Daarna draaide hij zich weer naar Sanne toe. "Het zal wel laat worden en ik moet alweer om zeven uur op. Dus ga maar rustig naar bed en wacht maar niet op mij. Ik zie je morgenavond weer."

Hij drukte een kus op haar wang en ging haastig achter de verplegers aan.

Sanne keek hem na, die prachtig gebouwde Romeinse man. Zijn kus gloeide na op haar wang.

Achter haar klonk het heftige getik van hoge hakken en Irma zeilde zonder groeten langs. Ze hield een weekendtas onder haar arm geklemd.

Ze haalde Vigo vlak voor de poort in en Sanne zag ze samen om de hoek verdwijnen.

Er borrelde ineens een verdrietig gevoel in haar omhoog. Vigo had gezegd dat hij van haar hield, maar nu liep hij met Irma weg. Hadden die twee iets samen? Was Vigo toch de rokkenjager waar de receptioniste van de EHBO-post hem voor hield?

Ze beet op haar lip. Ach, wat maakte het uit? Ze had helemaal geen man nodig! Maar waarom voelde ze zich dan ineens zo leeg?

"Gaat het, Sanne?" vroeg Sjoukje achter haar.

Sanne veegde snel een traan van haar wang en draaide zich om. Sjoukje had een slaperig kijkende David op haar arm. "Ik durfde hem niet alleen in bed te laten liggen," legde ze uit. "Ilona is dan wel weg, maar je weet maar nooit of Irma er ook iets mee te maken had."

"Irma is met de ambulance mee. Denk ik." Sanne onderdrukte een zucht. "Anders was ze al teruggeweest."

"Zal ik een beker warme melk voor je maken?" vroeg Sjoukje. "Je ziet eruit alsof je daar hard aan toe bent."

"Ja, dat klinkt lekker, maar ik denk dat we hier eerst moeten opruimen."

"Dat kan morgen ook wel," vond Sjoukje met een glimlach. "Ik weet uit ervaring dat rommel helaas nooit vanzelf verdwijnt. Ik hoop soms 's avonds wel eens op een bezoek van de bekende kaboutertjes, maar helaas... er heeft er nog nooit ook maar eentje mijn troep opgeruimd."

Sanne moest er wat bleekjes om lachen. "Oké dan." Ze draaide zich om naar de anderen en riep: "Morgen gaan we wel opruimen. Welterusten allemaal!"

Er klonk van alle kanten een welgemeend "Welterusten" terug en Sanne liep met Sjoukje mee terug naar haar appartement.

Terwijl Sjoukje melk warm maakte, legde Sanne de kleine David terug in zijn bedje en legde zorgzaam een lakentje over hem heen. Daarna bleef ze even staan kijken hoe de baby zijn duim in zijn mondje stak en heftig sabbelend in slaap zakte. Het was leuk, zo'n kleintje...

"Lief hè?" zei Sjoukje achter haar. "Het is zo'n heerlijk wurmpje."

Er lag een vraag in haar woorden en Sanne glimlachte. "Nee Sjoukje, het is écht niks voor mij. Ik ben niet geschikt als moeder. Vandaag ook dat gedoe met Basje... Wat een zorgen om zo'n kind. Ik kan daar niet tegen."

"Het is niet alleen maar zorgen, hoor. Er zijn ook zoveel fijne dingen. Die wegen ruimschoots op tegen al het andere."

"Dat zal best, maar... ik vind het al een hele opgave om steeds maar aan het konijn te denken. Weet je dat ik er vaak van droom dat ik de arme Roger vergeten ben en de stakker verhongerd in zijn hokje ligt?"

"Gekkie. Je zorgt immers ontzettend goed voor dat beest."

"Zorgen voor iedereen en alles is toch meer jouw pakkie an," zei Sanne langzaam. "Ik wil geen kinderen later. Dat voortdurende opofferen en jezelf wegcijferen is niks voor mij."

Sjoukje begon ineens stralend te lachen en ze legde haar hand op haar buik. "Je weet niet wat je mist."

Sanne keek haar vriendin verbaasd aan. Wat was er met Sjoukje? Ze zag er ineens zo ontzettend gelukkig uit. "Ben je... Bedoel je soms..." stotterde ze.

Sjoukje knikte stralend. "Ja, ik ben over tijd. Al een hele week. En vanmorgen was ik ontzettend misselijk, dus..."

Sanne omhelsde haar vriendin. "Wat fijn voor je. Ik hoop zo

voor je dat het goed gaat."

Het was eruit voor ze het in de gaten had en ze kon zichzelf wel voor haar hoofd slaan. Waarom zei ze dat nou? Natuurlijk ging er niks mis met Sjoukjes zwangerschap.

"Sorry," fluisterde ze met een rood hoofd. "Ik bedoel natuurlijk..."

"Ik weet best wat je bedoelt," antwoordde Sjoukje hartelijk. "Je hebt gewoon een trauma door al dat gedoe rond Emma."

"Je hebt levenslang als je een gehandicapt kindje krijgt," zei Sanne zacht.

Sjoukje glimlachte. "Als je een kind krijgt, heb je altijd levenslang, Sanne. Of het nou gezond is of niet. Je hebt altijd je zorgen en je angsten." Ze aaide liefdevol over haar buik en boog toen voorover om David een kusje te geven. "Maar er zijn ook zo ontzettend veel fijne momenten. Ik zou dat voor geen goud willen missen."

Sjoukje sloeg haar arm om Sanne heen en trok haar mee. "Kom, je melk wordt koud."

Sanne ging naast Sjoukje op de bank zitten en dronk heel voorzichtig van haar melk. Ze merkte dat haar handen nog steeds lichtjes aan het bibberen waren.

"Vigo zei dat hij van me houdt," bekende ze langzaam. "Toen Ilona dreigde om hem dood te schieten. Zou hij dat menen?"

Zonder op Sjoukjes reactie te wachten, vertelde ze haar vriendin het hele verhaal. Over zijn liefdevolle kus, zijn stem in haar oor, zijn ongelooflijke woorden dat zijn leven zonder haar niks meer waard zou zijn... en zijn haastige vertrek met Irma op zijn hielen.

"Dan is Ferdy er ook nog," besloot ze. "Hij heeft me nodig."

"En jij, Sanne?" vroeg Sjoukje. "Wat heb jij nodig?"

Sanne keek verbaasd. "Ik? Wat heb ik ermee te maken? Het gaat om Ferdy en Vigo."

Sjoukje schudde haar hoofd. "Welnee, het gaat om jou. Wat wil jij van het leven?"

Sanne haalde haar schouders op en zuchtte diep. "Een carrière, reizen en..."

Sjoukje glimlachte en maakte de zin voor Sanne af. "En een man die van je houdt. Zeg het maar eerlijk."

Sanne keek naar de grond en zuchtte opnieuw. "Ja, misschien wel."

"Is Ferdy de man die van je houdt?"

Sanne knikte heftig. "Ja, hij heeft me nodig."

"Dat zei je net ook al, Sanne. Maar dat is geen antwoord op mijn vraag. Heb jij Ferdy nodig? Daar gaat het om."

Sanne liet de vraag bezinken, maar er kwam geen antwoord in haar naar boven borrelen. "Ik weet niet. Toen ik hem echt nodig had..."

Sjoukje knikte met een ernstig gezicht. "Liet hij je in de steek."

Sanne leunde achterover en streek met haar hand door haar haren. Al die eenzame nachten vol tranen en verdriet. Ferdy was er nooit voor háár geweest toen ze hem nodig had.

"Maar hij houdt van me," prevelde ze zacht. "Hij zoekt een vrouw die hem kan steunen en helpen om van zijn verslaving af te komen."

"Dan kan hij beter met mij trouwen, denk je niet? Ik ben natuurlijk al bezet, maar bij wijze van spreken. Ferdy zoekt blijkbaar een verzorgster. Geen echtgenote."

Sanne hapte naar adem. "Dat is toch niet eerlijk wat je nou

zegt? Ferdy heeft het even moeilijk. Hij knapt vast geweldig op nu Ilona een poosje uit de roulatie is."

"Nou, dan heeft hij jou dus niet meer nodig," concludeerde Sjoukje nuchter.

"Bedoel je nou... Maar... Ach, wat zitten we hier eigenlijk dom te kletsen. Ik wil helemaal geen man. Ik wil een baan, ik wil reizen, ik wil leven!"

Sjoukje glimlachte. "Maar het is ook leuk om dat met z'n tweeën te doen."

Sanne sprong op. "Wat bedoel je nou eigenlijk? Ik kan je niet meer volgen. Wil je nou dat ik trouw of niet?"

Sjoukje kwam ook overeind. "Sanne, ik wil dat je nadenkt. Het is jouw leven. Jij moet beslissen. En dat moet je vanuit jezelf doen. Niet vanuit misplaatst medelijden met iemand. Of vanwege een schuldgevoel."

Sanne zakte terug op de bank. "Nou, daar ben ik dan mooi klaar mee. Een alcoholist en een vrouwengek die allebei roepen dat ze van me houden. Het wordt misschien hoog tijd dat ik eindelijk Camiel eens op dat beloofde ijsje ga trakteren."

Sjoukje grinnikte en liep naar de deur. "Er was vanavond een mailtje van Hedy. Ze bedoelde de badmeester. Die is een echte rokkenjager. Volgens haar is Vigo een serieuze vent."

"Wat? De badmeester van Il Gabbiano? Maar die heet toch geen Ricardo?" Sanne stopte even met praten en voegde er toen aan toe: "Ik weet trouwens helemaal niet hoe die van zijn voornaam heet. Iedereen noemt 'm *Baywatch*."

"Hij heet Rico," lachte Sjoukje. "Welterusten, San."

Ze pakte de lege melkbeker van tafel en liep de deur uit.

*

Sanne had een onrustige nacht, waarin er van slapen niet veel kwam. Steeds weer zag ze Vigo's gezicht voor zich en beeldde zich in dat hij haar kuste.

Maar Ferdy was er ook. Hij had gevraagd of ze zijn vrouw wilde worden en hij had recht op een antwoord. Maar wat moest ze nou tegen hem zeggen? Ze wist het niet!

Hield ze van hem? Of vond ze Vigo veel leuker?

Maar ja, wat wist ze eigenlijk van Vigo?

Verdraaid! Ze wilde geen man meer! Of toch wel?

Af en toe dommelde ze in, maar dan rende Ilona met een geladen pistool door haar nachtmerries heen. Als ze dan zwetend wakker schrok met een afschuwelijke geur van brandend vlees in haar neus, echode die demonische stem nog na in haar hoofd.

"In het vuur met haar! Branden moet ze!"

Nee, een prettige nacht was het niet en de volgende morgen voelde Sanne zich behoorlijk gebroken.

Ze kwam moeizaam uit bed en liep naar de woonkamer, waar Sjoukje net David een fruithapje zat te voeren.

"Lekker uitgeslapen?" vroeg Sjoukje hartelijk en ze knikte met haar hoofd in de richting van de tafel. "Ik heb koffie voor je. En geen zorgen over Roger, die heb ik al verzorgd. David vond het geweldig leuk, hè David?"

Sanne keek wazig naar de klok. "Is het al twaalf uur? Ik heb het gevoel dat ik de hele nacht wakker gelegen heb."

"Was het zo erg?" Sjoukje glimlachte en gaf David zijn volgende hapje. "Er is ook een brief voor je trouwens."

"Een brief?" vroeg Sanne verbaasd.

"Ja, van Vigo. Die kwam 'm net brengen. Ik heb nog gevraagd of hij koffie wilde, maar hij had haast, zei hij."

Sannes hart sloeg een tel over en er flitste een felle kramp door haar buik. "Wat kan Vigo nou te schrijven hebben?"

"Tja, er is maar één manier om daar achter te komen, denk je niet? Kom, nog een hapje van papa, David."

"Pa... pa... papa," kraaide David. Hij gaf met zijn vlakke hand onverwacht een klap op zijn bordje en de geprakte perzik vloog alle kanten op.

Sjoukje zat er niet mee. "Oh, jij ondeugend ventje van mama," lachte ze vrolijk. Ze pakte een klaarliggend doekje en veegde de spetters geroutineerd op.

"Een hapje van oma dan maar?" stelde ze voor en ze ging opgewekt verder met voeren.

Sanne pakte de brief van tafel en draaide hem om en om. Een zachtblauwe enveloppe zonder afzender.

Ze ritste hem open en trok een al even blauw velletje tevoorschijn. De brief was in het Italiaans geschreven, maar Vigo had er hier en daar de Engelse vertaling van de lastige woorden onder gezet.

Lieve Sanne,
Ik weet niet goed hoe ik je dit persoonlijk moet zeggen en daarom schrijf ik je deze brief.
Ik hou van je. Heel veel.
Maar ik heb vanmorgen pas begrepen dat ik helemaal geen recht heb om dit te zeggen.
Je vriend Ferdy kwam op het spreekuur en hij vertelde me dat jullie gaan trouwen.

Ik wist het echt niet, Sanne. Ik had met mijn domme hoofd begrepen dat hij je vriend niet meer was. Het spijt me heel erg dat ik je heb lastiggevallen.

Weet je, het had sowieso niks tussen ons kunnen worden. Als ik zie hoe lief jij met kleine David omgaat. Je bent een echt moedertje in de dop. Ik had je dat geluk toch niet kunnen geven. Ik heb namelijk de bof gehad, een paar jaar geleden. En dat is niet goed uitgepakt, als je begrijpt wat ik bedoel.

Ik wens je heel veel geluk met je toekomstige echtgenoot. Je verdient het.

Omdat we elkaar de komende weken nog best wel eens tegen het lijf zullen lopen, hoop ik echt dat je kunt vergeten wat ik heb gezegd. Ik kan je echtgenoot niet worden, maar ik zou het wel fijn vinden als ik een van je vrienden mag blijven.

Dag Sanne. Een laatste kusje van Vigo.

PS. Ilona wordt vanmiddag naar Nederland overgevlogen. Dus daar hebben jullie voorlopig geen last meer van. Je zult zien hoe snel jouw Ferdy weer opknapt.

Met trillende vingers legde Sanne de brief op tafel en diep in haar binnenste voelde ze een weldadige warmte naar boven komen, die zich door haar hele lichaam verspreidde.

Vigo hield van haar. Hij wilde dat zij gelukkig zou worden. Terwijl Ferdy...

Ferdy dacht alleen maar aan zichzelf. Maar dat was eigenlijk geen nieuws. Ferdy had altijd al alleen aan zichzelf gedacht.

Ze pakte de brief weer op en las hem met opkomende ergernis nog een keer over.

Ferdy durfde zeg. Of was hij zo zeker van haar antwoord?

"Wel verdraaid!" mompelde ze boos.

"Slecht nieuws?" vroeg Sjoukje.

"Ferdy heeft Vigo wijsgemaakt dat we gaan trouwen. Hoe komt hij erbij?"

"Dus je gaat niet met Ferdy verder?" vroeg Sjoukje.

"Nee," zei Sanne uit de grond van haar hart. "Dit was de druppel die ik nodig had. Ik ben klaar met Ferdy."

Ze sprong overeind, nam een snelle douche, kleedde zich aan en deed haar contactlenzen in.

"Ik ga hem eens even goed de waarheid zeggen," kondigde ze aan. "De kletsmeier."

"Hou je het een beetje beschaafd, San? Ferdy is misschien niet helemaal toerekeningsvatbaar na al dat gedoe met Ilona."

"Ferdy heeft geen enkel recht om met mijn leven te doen waar hij zin in heeft."

Al pratend liep Sanne naar de gang, gooide de deur open en week verschrikt achteruit.

Daar had je Ferdy!

"Hè? Ferdy? Wat doe jij nou hier?"

Ferdy keek Sanne niet aan. Zijn ogen waren strak op de grijze tegels voor zijn badslippers gericht, waar een groepje mieren druk bezig was om een stukje appel weg te slepen.

"Ik kom vragen... Ik wilde graag weten..." mompelde Ferdy wat vaagjes.

"Waarom heb jij tegen Vigo gezegd dat wij gaan trouwen?" vroeg Sanne op bitse toon. "Nog voor je mijn antwoord had?"

Ferdy kuchte. "Maar ik heb je antwoord toch allang? Drie jaar geleden heb je ja tegen me gezegd."

"Dat klopt. Maar dat was, zoals je al zegt, drie hele jaren geleden. Daarna is er aardig wat gebeurd."

Hij keek haar met prachtige blauwe ogen intens verdrietig aan en zijn blik sneed Sanne door haar ziel.

Ze had van hem gehouden, ze mocht hem ook nog graag, maar dat was niet genoeg. Niet genoeg voor een heel leven...

"Ik eh..." begon ze en daarna schudde ze haar hoofd. "Ik hield heel veel van je, maar..."

"Het is over, begrijp ik." Ferdy's schouders zakten omlaag en het leek wel of hij ineens kleiner werd. "Nou, dan eh... dan loop ik zo de zee wel in en dat is dan jouw schuld."

"Hè, doe niet zo raar, zeg," begon Sanne heftig, maar Ferdy draaide zich om en liep zonder nog wat te zeggen weg.

"Lieve help," mompelde Sanne in zichzelf. "Waarom moet dat nou zo?"

"Hoorde ik dat goed?" vroeg Sjoukje scherp. "Dreigde hij met zelfmoord?"

Sanne knikte met een triest gezicht. "Ja, nou weet ik helemaal niet meer wat ik moet doen."

"Let maar even op David," zei Sjoukje. Ze duwde de baby in Sannes armen en rende achter Ferdy aan.

Sanne zag hoe ze hem bij de toegangspoort inhaalde en op hem in begon te praten.

Zou het helpen? Vast niet. Ferdy kennende kon ze maar beter heel snel wat hulptroepen gaan inseinen.

Ze haastte zich naar binnen, legde David in zijn box en greep de telefoon.

"Irene? Je spreekt met Sanne. Ferdy is weer aan het stuiteren."

"Oh, wat vervelend," klonk Irenes stem bezorgd. "Wat is er

nou weer?"

"Ja, dat is een beetje pijnlijk. Ik weet niet of je het al gehoord had, maar..."

Irene was vlot van begrip. "Jullie aanstaande huwelijk gaat niet door, begrijp ik," reageerde ze rustig. "Ik kan me dat helemaal voorstellen, Sanne. Arno komt naar jullie toe. Hou Ferdy zo lang mogelijk aan de praat."

"Ik hoop dat het lukt. Sjoukje is bij hem. Het is best ellendig. Hij zei dat het mijn schuld is als hij..."

"Ja, daar is Ferdy ook goed in, om anderen schuldgevoelens aan te praten. Wij waren al aan het inpakken, weet je. We gaan vanavond rijden en dan zorgen we dat Ferdy zo snel mogelijk bij een goede dokter komt."

Sanne hoorde haar slikken voor ze verder praatte: "Dat hadden we sowieso gedaan, hoor. Maakt niet uit of je ja had gezegd. Ferdy heeft professionele hulp nodig, anders komt hij nooit van die drank af."

Sanne wist niet wat ze terug moest zeggen. "Ik eh..." mompelde ze.

"Maak je nou maar geen zorgen, Sanne. Iedereen is verantwoordelijk voor zijn eigen geluk. Ferdy ook."

Irene groette kort en verbrak de verbinding.

Sanne zette haar ellebogen op de tafel en nam haar hoofd in haar handen. Natuurlijk was Ferdy verantwoordelijk voor zijn eigen daden, maar het zou toch heel akelig zijn als hem juist nu wat overkwam. Dan zou zij de rest van haar leven denken dat het haar schuld was geweest.

Ze haalde een keer heel diep adem en kwam weer overeind.

Ze moest Sjoukje zo snel mogelijk gaan helpen om Ferdy aan

de praat te houden tot Arno hem kwam ophalen.

Ze pakte David uit de box, nam hem voorzichtig op haar arm en liep naar buiten.

Sjoukje stond nog steeds bij de poort. En Ferdy... Verdraaid, Ferdy was op de grond gaan zitten en het leek wel... Ja, het leek er verdacht veel op dat hij huilde.

Er borrelde een intens schuldgevoel in Sanne naar boven. Ferdy had verdriet en dat kwam allemaal door haar.

Waarom had ze geen ja tegen hem gezegd? Dan had hij nu vast dolgelukkig lopen rondspringen.

Ze schudde heftig haar hoofd. Waar was ze nou weer mee bezig? Ze kon toch niet met Ferdy trouwen omdat ze medelijden met hem had? Wat voor een huwelijk zou dat worden?

Met David nog steeds op haar arm, liep ze langzaam naar Ferdy toe. Ze kon Sjoukje immers niet alleen laten opdraaien voor háár problemen.

Naarmate ze dichterbij kwam, ging Sanne steeds langzamer lopen. Ze durfde eigenlijk niet. Ze was bang voor alle verwijten die Ferdy haar ongetwijfeld naar haar hoofd zou smijten. Hoe onterecht het allemaal ook zou zijn, ze hoorde het liever niet.

Ineens bleef ze helemaal staan en ademde diep in. Gelukkig, daar was Arno.

Arno trok Ferdy van de grond, zei nog iets tegen Sjoukje en daarna voerde hij Ferdy weg, stevig bij zijn arm.

Sanne klemde kleine David stevig tegen zich aan en staarde naar de lege deuropening. Ferdy was weg. Ze zou hem nooit meer zien. En ergens deed dat ontzettend pijn.

Hoe zou het nou verder met hem gaan? Straks sloeg hij weer

aan het drinken...

"Ze zorgen wel voor hem, Sanne," zei Sjoukje bemoedigend. "Ze reizen zo naar huis en dan zorgen ze dat Ferdy in een ontwenningskliniek wordt opgenomen."

Sanne gaf David een kusje op zijn neusje en legde hem heel voorzichtig in Sjoukjes armen.

"Het is niet te hopen dat hij dan in dezelfde instelling terechtkomt als Ilona," fluisterde ze bibberig.

Sjoukje moest erom lachen. "Welnee, daar letten ze heus wel op. Kom op, San. Je moet Ferdy nu achterna of doorgaan met je leven. Jouw keus."

Sanne knikte langzaam. "Ik ben geen verzorgster. Ik zou zijn verpleegster geworden zijn. Niet zijn vrouw."

Sjoukje legde haar vrije hand even op Sannes arm. "Dat ben ik helemaal met je eens. En nu moet je hem uit je hoofd zetten, hoe moeilijk dat ook is."

"Ik kan best wel eens aan Irene of Arno vragen hoe het met hem gaat," prevelde Sanne meer tegen zichzelf dan tegen Sjoukje.

"Tuurlijk kun je dat," was Sjoukjes reactie. "Hij komt er wel weer bovenop, als hij een beetje pit in zijn lijf heeft. En als hij dat niet heeft, Sanne, dan had jij hem ook niet kunnen helpen. Je was je ongeluk tegemoet gegaan."

Sanne friemelde nerveus aan haar haren. "Het is best wel triest. Ik hield echt van hem. Maar het is over. Helemaal over."

"Dan wordt het hoog tijd voor dat ijsje met Camiel," stelde Sjoukje voor.

Sanne schudde heftig haar hoofd. "Ik wil best een ijsje eten, maar dan met iemand anders. Als die iemand me tenminste wil."

"Vigo," begreep Sjoukje.

Sanne knikte langzaam.

"Met het oog op je carrière lijkt me dat een prima keus," grapte Sjoukje. "Kun je lekker je Italiaans oefenen."

Ze tikte haar vriendin tegen haar arm. "Kom op, San. Schouders recht en actie!"

*

Sanne liep wat aarzelend over de binnenplaats naar het gangetje dat toegang gaf tot de EHBO-post van het hotel ernaast.

Vigo was niet thuis, alle kans dus dat hij op de EHBO zat.

Maar kon ze daar zomaar binnenlopen? Hij vond het misschien wel heel vervelend om tijdens zijn werk gestoord te worden.

Aan de andere kant... als hij echt van haar hield, dan had hij vast wel even tijd voor haar. Toch?

Ze trok de deur naar de wachtkamer open en bleef aarzelend op de drempel staan. Het zat er vol met mensen. Haar bezoek kwam vast niet uit.

Ze wilde zich omdraaien en teruglopen, maar dat lukte ineens niet meer. Het leek wel alsof haar voeten de macht over haar lichaam overnamen. Zonder dat ze het eigenlijk wilde, liep ze door de wachtkamer naar de receptiebalie, waar de receptioniste haar onderzoekend aankeek.

"U wilt een dokter spreken?" vroeg ze. "Of eh..." Haar gezicht klaarde op. "Je komt natuurlijk voor Vigo."

Sanne knikte. "Ja, ik wacht wel even tot hij tijd heeft."

Het meisje keek met een scheef oog naar een grote klok, die

een eindje verderop aan de wand hing. "Het kan wel even duren," zei ze aarzelend. "Eerlijk gezegd... Ik denk niet dat het uitkomt. Het is behoorlijk druk vanmiddag."

Sanne voelde de moed in haar schoenen zakken. Natuurlijk had Vigo helemaal geen tijd voor haar. Wat had ze dan gedacht?

Ze kon maar beter gewoon weggaan in plaats van zich zo op te dringen.

Op dat moment ging de deur van spreekkamer 3 open en Vigo kwam naar buiten.

Sanne werd op slag duizelig. Waar was ze in vredesnaam mee bezig? Was ze echt van plan om zich aan hem op te dringen? Maar ze wilde immers helemaal geen man! Ze had zonder mannen al meer dan genoeg aan haar hoofd.

Ze ging op haar hurken achter de balie zitten en maakte zich zo klein mogelijk. Zodra Vigo verdwenen was, zou zij maken dat ze wegkwam!

Maar ze had buiten de receptioniste gerekend. Die ging op haar tenen staan, wees op Sanne en begon heftig te wenken.

Sanne merkte daar vanuit haar lage positie natuurlijk niets van en zijn stem verraste haar volledig. "Sanne? Is er iets? Heb je buikpijn dat je daar zo in elkaar gedoken zit?"

Ze keek verschrikt op en sloeg haar ogen daarna weer haastig neer. Wat moest hij wel niet van haar denken? Ze zat hier af te gaan als een lekke gieter!

Hij stak zijn hand naar haar uit en ze liet zich overeind trekken. "Loop even mee," zei hij.

"Nee," antwoordde ze haastig. "De receptioniste zei dat je het veel te druk hebt. Ik wilde net weggaan."

En toen zei hij iets wat ze nooit had verwacht. Iets wat heerlijk was om te horen.

"Voor jou zal ik altijd tijd hebben, Sanne. Kom."

Als in een droom liep ze met hem mee, de spreekkamer in. De deur viel met een klap achter hen dicht.

"Wat is er, Sanne? Heb je mijn brief gelezen? Kom je afscheid nemen?"

Ze schudde haar hoofd en keek hem aan. "Nee. Ik bedoel, ja," stotterde ze.

Verdraaid, wat was er toch met haar? Was zij die zelfverzekerde vrouw, die hier stond te stuntelen als een stotterende kleuter?

Ze haalde diep adem. "Ik heb je brief gelezen, maar ik neem geen afscheid, tenminste... niet als jij dat niet wilt. Ik bedoel..."

Oh help! Wat deed ze hier eigenlijk nog? Ze kon maar beter haar mond houden, ze maakte het iedere minuut erger.

Ze slikte moeizaam en probeerde al haar moed bij elkaar te rapen. Verdraaid! Zo'n kinderachtig angsthaasje was ze toch helemaal niet?

"Ferdy heeft tegen je gelogen," flapte ze eruit. "Wij gaan helemaal niet trouwen. Ferdy is alleen maar mijn ex-vriend en verder niks."

"Oh," zei hij. Meer niet. Alleen 'Oh'. Maar het leek wel of er in dat ene woordje van alles besloten lag. Liefde, verbazing, maar vooral hoop.

"Ik eh... ik wil helemaal geen kinderen. Ik heb nooit kinderen gewild. Ik heb een gehandicapt zusje en dat heeft mijn hele jeugd verpest. Ik bedoel..."

Ze sloeg geschrokken haar hand voor haar mond. Stond ze nou

haar zusje te verloochenen? Dat was toch gemeen van haar? Emma kon het immers ook niet helpen dat ze zo geboren was.

Wat was dit allemaal moeilijk!

Hè, waarom zei Vigo nou niks?

Ze keek hem schichtig aan en schrok van de uitdrukking op zijn gezicht. Daar streden allerlei soorten emoties om voorrang. Onbegrip, verbazing, angst, onzekerheid...

De onzekerheid won.

"Bedoel je..." stamelde hij verward. "Bedoel je nou dat je het met mij wel wilt proberen? Ondanks mijn... mijn handicap?"

Ze voelde het bloed naar haar wangen stijgen. "Nou ja," zei ze schor, "ik wil je best wat beter leren kennen. Veel beter eigenlijk wel."

Ze zag de enorme opluchting op zijn gezicht, die al snel plaatsmaakte voor blijdschap. Hij trok haar heftig naar zich toe. "Laten we daar dan meteen maar mee beginnen," stelde hij voor.

Hij sloeg zijn warme armen om haar heen en zijn mond zocht haar lippen.

Ze kroop dicht tegen hem aan en terwijl er een intens gevoel van geluk door haar hele lichaam trok, beantwoordde ze zijn kus vol passie.

Achter hen klapte onverwacht de deur open en de receptioniste riep op een gespeeld geschrokken toontje: "Maar Vigo toch! Kun je weer eens niet van je patiënten afblijven?"

Vigo liet Sanne heel even los en stak zijn tong naar de receptioniste uit. "Klopt!" riep hij lachend. "En deze fantastische vrouw laat ik nooit meer gaan!"

EPILOOG

Winter 2006...

Het was benauwd warm in het directiekantoor van de gerenommeerde reisorganisatie Zontravels.

Sanne veegde heimelijk met haar zwetende handen over haar
nette rokje en keek oplettend naar de kalende man in het onberispelijke driedelige kostuum, die aan de andere kant van het
bureau zat.

"Ik vind het fijn dat u zo tevreden over mijn werk bent, meneer
Van Dungen," zei ze opgewekt.

"Sterker nog, juffrouw Ter Horst," antwoordde directeur Van
Dungen, "onze firma is buitengewoon blij met u. Onze agent in
Florence vertelde me vanmiddag nog door de telefoon dat uw
kennis van de Italiaanse taal werkelijk formidabel is. Eerlijk
gezegd..."

Hij zweeg even en keek haar aan.

"Na ons sollicitatiegesprek aan het begin van de zomer kwam
mijn secretaresse vertellen dat ze van uw talenkennis niet zo'n
hoge pet op had."

Hij zette zijn handen tegen elkaar en schudde zijn hoofd. "Het
is onbegrijpelijk hoe ze daar nu bij gekomen is. Ze vergist zich
maar zelden in die dingen."

Sanne wist haar gezicht in de plooi te houden. "Ach, we zijn
allemaal mensen. Het was immers ook zo'n onverwachte vacature. Ik ben toen ook helemaal vergeten te vertellen dat ik een
Italiaanse verloofde heb."

"Een Italiaanse verloofde?" vroeg meneer Van Dungen verbaasd.

Sanne keek hem stralend aan. "Ja, we gaan volgende maand trouwen."

Van Dungen kwam moeizaam overeind uit de bruine leren bureaustoel en stak zijn blauw dooraderde hand naar haar uit. "Dan wens ik u alvast veel geluk."

Sanne lachte naar hem en stond op. "Dank u wel. Tot ziens, meneer Van Dungen."

Ze had enorme zin om de deur uit te huppelen, maar dat kon ze natuurlijk niet maken. Dus liep ze zo kalm mogelijk de directiekamer uit en riep vrolijk "Ciao" naar de secretaresse, die haar peinzend over haar leesbril heen stond na te staren.

Ze stapte de straat op, waar een ijskoude wind haar kil tegemoet sloeg. Maar Sanne voelde de kou niet. Ze zag op het stoepje een eindje verderop een knappe man overeind springen en ze spurtte op hem af.

"En?" vroeg Vigo.

"Ik heb mijn vaste aanstelling," juichte Sanne. "En ik mag Vada als standplaats gebruiken."

"Wow!" riep Vigo blij. "Wat heerlijk! Gefeliciteerd!"

Hij sloeg zijn armen stevig om haar heen en terwijl Sanne dicht tegen hem aan kroop, borrelde er een enorme blijdschap in haar omhoog. Ze had eindelijk haar droombaan en ook nog een man die zielsveel van haar hield.

"Kom," zei Vigo en hij pakte haar hand. "We gaan lekker pannenkoeken eten bij Sjoukje."

Intens gelukkig huppelde ze met hem mee...

Meer romans van Anita Verkerk:

* Spetters & Schoenen
* Cheesecake & Kilts
* Sprong naar de liefde (Yes-special)
* Als een zandkorrel in de wind
* Vergeten schande
* Rowena
* Xandra
* Myrthe
* Jasmijn
* Heisa in Venetië
* Etage te huur (Chicklit Top 50 topper)
* Princess Flirt
* Leve de liefde!
* Lanzarote lover (Chicklit Top 50 topper)
* Het meisje in de rode jurk
* Romance in Toscane
* Gevaarlijke erfenis
* Heimwee naar Lanzarote

Amber-trilogie:
* Bedrogen liefde (Chicklit Top 50 topper)
* Een nieuwe toekomst
* Eindelijk gelukkig

Meer lezen?

Uitgeverij Cupido publiceert heerlijke (ont)spannende liefdes-romans, vrolijke chicklits en eigentijdse romantische familie-romans.

Vrouwen van alle leeftijden kunnen genieten van onze Lekker-lui-lezen-romans, die uitsluitend geschreven worden door vrouwelijke Nederlandse top-auteurs.

Onze boeken hebben allemaal een positieve en vrolijke kijk op het leven en natuurlijk is er altijd een Happy Ending. Want iedere vrouw houdt diep in haar hart van romantiek, maar dat schiet er in het drukke leven van alle dag wel eens bij in.

Lekker languit op de bank of ondergedompeld in een warm bad even heerlijk wegdromen met een goedgeschreven boek vol humor en romantiek...
Zo kun je ontspannen en jezelf weer opladen voor de drukke dag van morgen.

** Voor leesbrilhaters en vrouwen die het wat minder kunnen zien, verschijnen onze boeken ook in een mooie gebonden gro-teletter-editie.

** Daarnaast hebben we ook een groeiende serie e-pubs.

Meer informatie op www.uitgeverijcupido.nl